PROFIL D'UNE ŒUVRE
Collection dirigée par Georges Décote

Le Mariage de Figaro

(1785)

BEAUMARCHAIS

MICHEL VIEGNES
Ancien élève de l'École normale supérieure
Agrégé de Lettres modernes

Sommaire

 ISSN 0750-2516 ISBN 2-218-74074-5

FICHE PROFIL

Le Mariage de Figaro (1785)

Beaumarchais (1732-1799)

Théâtre — XVIIIe siècle

RÉSUMÉ

- **Acte I :** Au château du Comte Almaviva, dans le sud de l'Espagne, Figaro et Suzanne s'apprêtent à convoler en justes noces. Mais le Comte veut faire de Suzanne sa maîtresse dès qu'elle sera mariée. Marceline, une autre servante, plus âgée, a quant à elle des vues sur Figaro. Le docteur Bartholo promet à Marceline de l'aider à empêcher ce mariage. Figaro parvient à obtenir du Comte qu'il s'engage publiquement à respecter l'honneur de Suzanne.
- **Acte II :** Figaro veut rendre son maître jaloux en lui faisant croire qu'un inconnu fait la cour à la Comtesse. Le Comte fait irruption dans la chambre de celle-ci ; or le jeune page Chérubin, amoureux de sa belle maîtresse, s'y trouvait, et a juste le temps de s'enfuir. Figaro parvient à faire croire au Comte que c'est lui que l'on a vu sauter par la fenêtre de la chambre. Sur ce, Marceline vient demander justice au Comte : Figaro s'était engagé par écrit à l'épouser s'il ne remboursait pas une somme qu'il lui avait empruntée.
- **Acte III :** Ravi de pouvoir faire obstacle au mariage, le Comte organise un procès. Coup de théâtre : alors même que Figaro se croit perdu, Marceline se rend compte qu'il n'est autre que le fils qu'elle a eu jadis de Bartholo, et qu'elle a été obligée d'abandonner.
- **Acte IV :** La Comtesse ordonne à Suzanne d'accepter le rendez-vous galant que le Comte lui avait donné après la noce. C'est la Comtesse elle-même qui s'y rendra, en se faisant passer pour sa servante.
- **Acte V :** Figaro croit que Suzanne s'apprête à le tromper. Il exprime son désespoir dans un long monologue. En fait, le Comte est berné et se retrouve, sans le savoir, avec sa propre épouse, pendant qu'une explication sérieuse a lieu entre Suzanne et Figaro. Enfin, les couples se réconcilient et tout rentre dans l'ordre.

PERSONNAGES PRINCIPAUX

– **Le Comte Almaviva**, maître du château d'Aguas-Frescas, séducteur.

– **La Comtesse**, son épouse, séduite dans *Le Barbier de Séville*.

– **Figaro**, valet habile et rusé, serviteur du Comte.

– **Suzanne**, servante de la comtesse et fiancée de Figaro.

– **Marceline**, servante plus âgée, amoureuse de Figaro.

– **Le docteur Bartholo**, barbon amoureux de Rosine dans *Le Barbier de Séville*, ancien amant de Marceline.

– **Chérubin**, jeune page, amoureux de la Comtesse.

– **Bazile**, maître de musique et « âme damnée » du Comte.

– **Antonio**, jardinier du château.

– **Fanchette**, jeune paysanne, sa fille.

CLÉS POUR LA LECTURE

1. Comédie

C'est une pièce complexe par l'entrelacement des intrigues, en réalité unifiée par la principale : le mariage de Figaro et de Suzanne. Cette « folle journée » comporte les traditionnels ingrédients comiques : le désir du Comte séducteur, les ruses du valet, les personnages ridicules, les quiproquos, les renversements de situation, les jeux de scène et les déguisements.

2. Critique de la société d'Ancien Régime

Les abus de la société du temps, privilèges nobiliaires, arbitraire et incompétence du pouvoir, inégalité des sexes sont dénoncés sous le couvert des mots d'esprit ironiques, masqués en partie par le rire.

3. Satire de la justice

Le procès de l'acte III est en soi une satire féroce du système judiciaire ; il en révèle les dysfonctionnements dus à la corruption et à l'incompétence des juges.

4. Psychologie de l'amour

Cette pièce analyse les diverses facettes de l'amour et du désir : l'amour populaire, le désir libertin et la naissance de l'amour.

PREMIÈRE PARTIE

Résumé et repères pour la lecture

Le Mariage de Figaro, même si l'on peut l'étudier comme un tout autonome, se situe néanmoins dans une trilogie théâtrale, dont il constitue le deuxième volet, entre *Le Barbier de Séville* et *La Mère coupable*. Dans *Le Barbier de Séville*, le Comte Almaviva, avec l'aide de Figaro, parvient à conquérir Rosine. Celle-ci était confinée chez Bartholo qui la destinait à devenir sa femme. Il s'est écoulé trois ans, au cours desquels le Comte a bien changé : de jeune premier sympathique, il est devenu un mari volage et tyrannique. L'action se déroule dans son domaine le château d'Aguas-Frescas.

ACTE I

L'acte I est un acte d'exposition. Il comporte onze scènes qui donnent des informations essentielles à la compréhension de l'intrigue au moment où le rideau se lève. Cet acte permet aux spectateurs de situer le lieu et le moment de l'action, d'identifier les personnages et leurs fonctions dramaturgiques. Le registre dans lequel se situe la pièce est donné : il s'agit d'une comédie dont le personnage principal est Figaro.

ACTE I, SCÈNES 1 À 7

RÉSUMÉ

Suzanne informe Figaro que le Comte lui offre une dot en échange de ses faveurs. Figaro projette de lui tendre un piège, tout en bénéficiant de la dot. Il comprend que le Comte l'a nommé courrier de dépêches à Londres afin de le remplacer auprès de Suzanne lors de ses absences. Figaro veut d'une part s'assurer de son mariage (qui dépend selon le droit féodal de l'autorisation du Comte) et d'autre part se protéger de l'amour que lui porte Marceline, qui travaille comme domestique au château.

Figaro voit arriver Bartholo, le médecin qu'il a jadis trompé, et Marceline, qui a une plainte à formuler contre lui. Figaro les quitte après avoir échangé des propos peu amènes avec Bartholo. Marceline informe Bartholo des projets du Comte : négligeant sa femme, il veut marier Suzanne à Figaro et devenir son amant. Elle demande à Bartholo, son ancien amant avec qui elle a eu un fils, de l'aider. Il s'agit de divulguer les intentions du Comte, afin que Suzanne, saisie de honte, se refuse à lui. Ainsi ce dernier, pour se venger, s'opposera au mariage.

Suzanne entre dans la chambre et les deux femmes échangent quelques pointes acerbes. Suzanne, seule, explose de colère contre Marceline et ses accusations malveillantes.

Chérubin, page du château, entre en courant. Le Comte, qui vient de le surprendre chez la jeune Fanchette, fille du jardinier et cousine de Suzanne, veut le renvoyer. Le page supplie Suzanne de demander sa grâce à la Comtesse, dont il est le filleul et qu'il aime en secret. Il s'empare du ruban de la Comtesse que tient Suzanne, quand le Comte entre dans la chambre. Le page, effrayé, se cache derrière le fauteuil.

REPÈRES POUR LA LECTURE

Une exposition dynamique

La première scène renseigne le spectateur sur le lieu où l'on se trouve : la chambre nuptiale des deux valets située dans le château du Comte Almaviva. Une réplique de Suzanne permet de situer la scène dans le temps : le « matin de ses noces ». L'état de l'intrigue au lever du rideau est révélé : le Comte souhaite faire de Suzanne sa maîtresse.

Les opposants

L'intrigue principale est donc définie, et dès sa présentation les opposants au mariage de Figaro et de Suzanne sont clairement identifiés : le Comte, avant même son entrée en scène, est campé comme un grand seigneur libertin[1], qui détient le pouvoir d'autoriser ou de s'opposer au mariage de Figaro et Marceline séduite par Figaro. En effet, cette dernière a le pouvoir d'empêcher ce mariage par un procès.

1. Le libertinage au XVIIe siècle évoque une certaine liberté dans les mœurs, une quête effrénée du plaisir. C'est à la fois une liberté du corps mais aussi de l'esprit, affranchi de la discipline et de la morale religieuses.

L'espace mis en scène

Figaro mesure à la toise, en l'arpentant, la chambre que le Comte destine aux jeunes mariés. Figaro semble ainsi s'approprier le lieu dont la position stratégique, entre la chambre de la Comtesse, et l'appartement du Comte, lui est révélé par Suzanne : « zeste, en deux pas il est à ma porte, et crac, en trois sauts... ». De même, le « grand fauteuil de malade » qui trône au milieu de la chambre, remplaçant le « beau lit » promis par le Comte, a une fonction dramatique : il sera au centre de la folle course de Suzanne et de Chérubin et fera office de cachette.

ACTE I, SCÈNES 8 ET 9

RÉSUMÉ

Le Comte fait des avances à Suzanne, il lui propose un rendez-vous, quand il entend Bazile, le maître de musique. Le Comte, craignant d'être surpris, se cache à son tour derrière le fauteuil, tout en ignorant la présence de Chérubin.

Bazile entre dans la chambre : c'est Figaro qui l'envoie chercher le Comte. Bazile, au courant de la passion du Comte pour Suzanne, et homme peu scrupuleux, accuse également Chérubin de soupirer pour Suzanne, voire même pour la Comtesse. Malgré l'indignation de Suzanne, il insiste au point que le Comte, courroucé, se lève soudain et ordonne le renvoi immédiat du page. C'est alors qu'il s'aperçoit de la présence de ce dernier, que Suzanne a bien du mal à justifier.

REPÈRES POUR LA LECTURE

Portrait en action de deux rivaux : le Comte et Chérubin

Chérubin est à la fois timide, innocent, et troublé par toutes les femmes. Amoureux de Fanchette, il rêve cependant du corps de la Comtesse déshabillé par sa caméristе. Il est depuis la scène précédente rival du Comte auprès de Fanchette. Ce dernier apparaît au spectateur conforme à l'image qu'on lui a dépeint : un séducteur entreprenant.

Des scènes comiques

La colère du Comte est désamorcée par les jeux de scène comiques. Le spectateur assiste à un tour de passe-passe autour du fauteuil. Le Comte est berné et sa fureur devient comique lorsqu'il découvre encore une fois le page présent à son insu. Le spectateur jouit en effet de cette situation typique mettant en scène un personnage caché, invisible, qui entend des paroles qui ne lui sont pas destinées, comme Orgon dissimulé sous une table assistant à la scène de séduction que joue Tartuffe à sa femme Elmire, dans la pièce de Molière.

ACTE I, SCÈNES 10 ET 11

RÉSUMÉ

Figaro investit la scène accompagné d'une foule constituée des vassaux du Comte, pour réclamer devant tous, qu'il renonce solennellement au droit du seigneur en remettant à Suzanne une symbolique toque virginale (chapeau de la mariée). Le Comte, embarrassé, est obligé d'accepter. La Comtesse lui demande la grâce de Chérubin, ce que le Comte ne peut refuser, car il craint que ce dernier ne raconte la scène dont il a été témoin, lorsque le Comte faisait des avances à Suzanne. Mais il exige son départ pour rejoindre une compagnie de son armée. Figaro se retrouve avec Bazile et Chérubin. Il conseille à Chérubin de faire semblant de partir et de se cacher.

REPÈRES POUR LA LECTURE

Le valet meneur du jeu

Figaro organise une vaste mise en scène pour contraindre le Comte, soucieux de son image, à affirmer publiquement qu'il renonce au « droit du seigneur ». Il utilise à cet effet les vassaux comme figurants et un accessoire théâtral, la toque blanche, symbole de virginité. C'est une véritable mise en scène qu'il crée, « tenant Suzanne par la main » et réglant les paroles que le Comte doit prononcer.

L'apparente défaite du Comte

Le comte est pris au piège tendu à la fois par Figaro et son entourage. Personnage noble, il ne peut repousser les sollicitations de la foule. Il obtient cependant que la cérémonie soit différée, et dans ses apartés (destinés au public) le Comte suggère qu'il n'adhère pas à ses propres paroles. Il annonce ses intentions : se servir de Marceline et de Bartholo et du procès intenté à Figaro pour contraindre Suzanne à lui céder.

ACTE II

Cet acte est beaucoup plus long que les autres puisqu'il comporte vingt-six scènes, riches en péripéties. Véritable pièce dans la pièce : l'intrigue de Chérubin et de la Comtesse domine. Figaro, qui semblait occuper le devant de la scène à la fin de l'acte I, y est moins présent et surtout peu efficace.

ACTE II, SCÈNES 1 ET 2

RÉSUMÉ

La scène se passe dans la chambre de la Comtesse, où Suzanne raconte à sa maîtresse sa mésaventure avec le Comte. Elle lui fait part aussi des sentiments du jeune page à son égard. Les deux femmes décident de jouer un tour au Comte avec l'aide de Figaro.

Figaro entre et fait part de son plan : il a remis à Bazile un faux billet révélant le rendez-vous d'un inconnu avec la Comtesse pendant le bal. Il espère ainsi rendre le Comte jaloux, et l'empêcher de s'intéresser à Suzanne. Suzanne, après avoir accordé un rendez-vous au Comte, doit revêtir Chérubin de ses propres habits et l'envoyer à sa place.

REPÈRES POUR LA LECTURE

Les fourberies de Figaro

Figaro semble diriger les opérations en concevant cette véritable conjuration : en deux tirades, il expose d'ailleurs son art de « mener les autres». Son assurance lui permet même une certaine irrévérence devant la Comtesse, à propos du Comte; «galopera-t-il celle-ci? surveillera-t-il celle-là?» avant de sortir en lançant des ordres et une boutade: «et puis dansez Monseigneur».

La maîtresse et la servante complices

L'entretien entre les deux femmes est assez libre. La Comtesse prend la décision de lutter du côté de Suzanne. Elle affirme alors énergiquement sa détermination à favoriser le mariage: «tu épouseras Figaro», et espère ainsi reconquérir son mari.

ACTE II, SCÈNES 3 À 11

RÉSUMÉ

La Comtesse, rêveuse, attend Chérubin. Son trouble n'échappe pas à Suzanne. Le page, taquiné par la camériste, chante sa romance. Il montre ensuite à la Comtesse le brevet que le Comte lui a fait remettre, et qui l'oblige à partir. Mais il y manque le cachet. Suzanne fait essayer à Chérubin une coiffure de femme. C'est alors que la Comtesse aperçoit son ruban au bras du page.

La Comtesse parle avec Chérubin quand le Comte frappe à la porte. Effrayée à cause de la présence de Chérubin à moitié nu, elle prétend qu'elle est seule, tandis que ce dernier se cache dans le cabinet de toilette. La Comtesse, ensuite, va ouvrir la porte au Comte.

REPÈRES POUR LA LECTURE

Une idylle dans la comédie

À genoux, dans une position de soumission propre à l'amour courtois, le page avoue ses sentiments. Son trouble se manifeste par ses silences dans des phrases entrecoupées de points de suspension. La Comtesse ne semble d'ailleurs pas indifférente. La découverte de son ruban taché de sang sur le bras de Chérubin la laisse pensive.

Les objets symboliques

Le ruban est depuis l'acte I un objet essentiel. C'est le ruban de nuit de la Comtesse que Chérubin a volé dans la scène 7 de l'acte I.

Il est pour lui l'emblème de son amour, il le transforme en fétiche. Cet objet désigne métonymiquement[2] la Comtesse. En effet, ce ruban, elle l'a porté et Chérubin, en le possédant, porte sur lui l'objet de son désir.

ACTE II, SCÈNES 12 À 18

RÉSUMÉ

Le Comte informe la Comtesse du soupçon qui l'agite : un billet anonyme l'a averti qu'un homme doit se rendre chez elle. À ce moment même, Chérubin fait tomber une chaise dans le cabinet. Le Comte, alerté, veut en ouvrir la porte. La Comtesse affirme qu'il s'agit de Suzanne, mais son mari, de plus en plus méfiant, décide d'aller chercher un outil pour ouvrir. Pendant l'absence du Comte, Suzanne, qui a tout entendu, décide de se substituer à Chérubin dans le cabinet. Tandis qu'il s'échappe en sautant par la fenêtre, Suzanne entre dans le cabinet à l'insu de la Comtesse. Craignant la fureur de son mari, elle finit par lui avouer la présence de Chérubin. Le Comte, fou de colère, ouvre la porte et trouve Suzanne, qui informe tout bas sa maîtresse de la fuite de Chérubin.

REPÈRES POUR LA LECTURE

Quiproquos et renversements de situation

Le personnage caché est à nouveau au centre d'un jeu de scène comique. Les scènes se succèdent avec rapidité. La substitution des personnages dans le cabinet permet des renversements de situation. Beaumarchais distille le suspense grâce au retard de Suzanne. Le spectateur jouit surtout du plaisir d'en savoir plus que le Comte et que la Comtesse, la découverte de Suzanne n'étant évidemment un coup de théâtre que pour ces deux personnages. C'est un renversement de situation qui met brutalement le Comte dans une posture embarrassante : l'accusateur est confondu.

---

2. La métonymie consiste à désigner quelque chose par le nom d'un autre élément du même ensemble. Le ruban appartenant à la Comtesse la désigne par métonymie.

Un affrontement violent

Ces scènes comportent pourtant une forte tension dramatique et la fureur semble l'emporter. Malgré la répartition apparemment égale des répliques dans la scène 13, celles du Comte sont de plus en plus longues, entrecoupées d'une ponctuation qui souligne la colère tout comme les interjections, les impératifs et les apostrophes nombreuses. La Comtesse tente une argumentation défensive, s'opposant physiquement au mouvement du Comte. Le Comte ne fléchit qu'un moment, lors de l'allusion ironique et habile au scandale public que créerait la porte enfoncée...

Le décor au centre de l'action

Le décor de l'acte II, qui représente la luxueuse chambre de la Comtesse, permet par son aspect théâtral — il comporte une estrade —, ses portes et sa fenêtre, de faciliter les jeux d'entrées et de sorties, les cachettes. Ce sont des lieux féminins : que le Comte veuille brutalement forcer la porte du cabinet, en mari tout-puissant maître dans sa demeure n'est pas anodin. Les paroles mêmes du Comte appelant « Suzon », affirmant « vêtue ou non, je la verrai » montrent que l'alibi de ce quiproquo est surtout l'objet du désir, ce que ne manque pas de souligner la Comtesse.

ACTE II, SCÈNES 19 À 26

RÉSUMÉ

Suzanne et la Comtesse font croire au Comte qu'elles ont joué la comédie afin de le punir de sa jalousie. Le Comte ne sait que penser, d'autant plus que la Comtesse paraît elle-même très confuse. Celle-ci lui révèle que Figaro est l'auteur du faux billet.

Figaro arrive. Antonio, le jardinier, se plaint de ce qu'un homme vient de sauter par la fenêtre et de tomber sur ses couches de giroflées. Figaro l'accuse d'être ivre. Il doit prétendre qu'il a lui-même sauté par la fenêtre. Malheureusement, Antonio a ramassé le brevet de Chérubin tombé de sa poche. Aussitôt Figaro affirme que Chérubin lui avait remis ce brevet afin d'y ajouter le cachet qui manquait. Le

Comte, sans être convaincu, doit accepter l'explication et se résoudre au mariage de Figaro.

Marceline arrive et réclame justice au Comte (ce dernier exerçant la fonction de corregidor, c'est-à-dire juge suprême de sa province); elle détient un billet par lequel Figaro s'est engagé à l'épouser s'il ne lui rend pas une certaine somme d'argent qu'il lui a jadis empruntée. Bazile, le maître de musique, veut faire valoir ses droits sur Marceline. Le Comte décide de convoquer son tribunal le jour même.

Suzanne et la Comtesse, restées seules sur scène, font le point sur la situation: il n'est plus question que ce soit Chérubin déguisé qui aille au rendez-vous avec le Comte. La Comtesse propose d'y aller à sa place, revêtue de l'habit de Suzanne, afin de démasquer son époux. La Comtesse ordonne à Suzanne de ne rien dire à Figaro de leurs projets, de crainte que celui-ci ne fasse échouer leur plan. Toutes deux quittent la chambre.

REPÈRES POUR LA LECTURE

Une succession de péripéties

Après la première péripétie, le retour inopiné du Comte, la tension dramatique monte jusqu'à la scène 18 pour connaître un moment de répit. Mais les péripéties s'enchaînent à nouveau: Antonio, dans le rôle du « fâcheux » importun de la comédie, crée un nouveau danger. L'entrée en scène de Marceline suivie de Bazile permet d'accumuler les menaces avec le procès qui va s'ouvrir, ce que Figaro, inconscient et gai, ne semble pas voir.

La comédie dans la comédie

La sincère frayeur de la Comtesse passe pour un jeu, une habile comédie auprès du Comte. Elle a pourtant très mal soutenu son rôle. Devant la fureur du Comte, elle avoue tout: la présence de Chérubin, le rôle de Bazile et de Figaro dans l'affaire du faux billet. Après avoir été maltraitée par le Comte, qui est à son tour humilié dans la scène 19 et surpris par les talents d'actrice de sa femme, elle prend nettement l'initiative. Elle décide cette fois d'écarter Figaro pour jouer, déguisée, la comédie du rendez-vous de l'acte V.

ACTE III

Dans cet acte, l'action devient double. L'intrigue de Marceline et Figaro y prédomine et trouve, après une accumulation de péripéties, sa résolution. Cet acte permet de lever un obstacle important et de reprendre l'intrigue nouée par la Comtesse et Suzanne.

ACTE III, SCÈNES 1 À 8

RÉSUMÉ

La scène a lieu dans la salle d'audience du château. Le Comte rappelle Pédrille et lui ordonne d'aller à Séville en secret, pour s'assurer que Chérubin s'y trouve, et pour lui remettre son brevet militaire. Resté seul, il est conscient d'avoir été joué, mais ne parvient pas à démêler la vérité. Il décide de sonder Figaro afin de voir si Suzanne lui a révélé ses intentions à son égard.

Figaro arrive et le Comte commence à l'interroger sur ses motifs : pourquoi avoir sauté par la fenêtre ? Il suggère que, tout compte fait, il pourrait bien ne pas l'emmener à Londres, prétextant que Figaro ne connaît pas l'anglais. Ce dernier, aussitôt, fait une longue tirade sur l'utilité du mot God-dam (vieux juron anglais) et laisse croire au Comte qu'il veut l'accompagner. Le Comte en conclut que Figaro ne sait rien de son amour pour Suzanne. Contre toute vraisemblance, Figaro exprime alors le désir de rester tranquillement en Andalousie avec Suzanne, plutôt que de se rendre en Angleterre. Pour justifier son désir, il donne au Comte une définition plutôt satirique de la politique. Celui-ci, persuadé que Suzanne l'a trahi, décide de faire perdre son procès à Figaro et de lui faire épouser Marceline.

Le juge ordinaire, Don Guzman Brid'oison, est annoncé. Figaro donne une description du tribunal. Le Comte, dans un monologue, confirme son désir d'empêcher le mariage.

Le Comte neutralisé

Le monologue du Comte apporte un répit nécessaire après trois scènes rapides. Il sert en quelque sorte de récapitulatif. Sa pensée est décousue et confuse. Son monologue est entrecoupé de didascalies et d'une ponctuation révélant son trouble : les points d'interrogation, d'exclamation et de suspension sont nombreux. Sa volonté de pouvoir qui se manifeste dans l'emploi des possessifs est claire. Ce passage expose le dilemme du Comte, tiraillé entre son désir et sa jalousie. Il n'interrompt pas vraiment l'action mais il souligne par la dérision la neutralisation du personnage. Le spectateur est là complice de Figaro. La résolution du Comte est forcément condamnée par l'avantage qu'a pris le valet.

Le comique satirique de Figaro

Le valet se joue très habilement de son maître, maniant à la fois le comique, l'ironie et la satire. Face au Comte, il est le maître incontesté de la parole. Il suscite encore l'adhésion du spectateur étonné par la fantaisie, la liberté et la virtuosité verbale de la fameuse tirade répétitive sur le juron God-dam. Émaillant son discours de sentences sur les maîtres et les domestiques, la réputation des nobles et la médiocrité récompensée, Figaro va jusqu'à la satire politique dans la seconde tirade. Il ridiculise par ses énumérations, ses nombreux infinitifs les grands politiques dont les principales caractéristiques sont la médiocrité et la feinte habileté. Les apartés rageurs de son interlocuteur confortent sa défaite alors que ceux de Figaro consacrent sa suprématie.

ACTE III, SCÈNES 9 À 11

RÉSUMÉ

Suzanne arrive et le Comte lui fait savoir qu'elle n'épousera pas Figaro. Mais Suzanne retourne la situation : n'est-ce pas à cause de la présence de Chérubin qu'elle a refusé les avances du Comte, le matin

même ? Celui-ci, convaincu et trop heureux de l'être, lui donne aussitôt un rendez-vous pour le soir même, et l'envoie chez la Comtesse.

Suzanne, ravie d'avoir déjoué le Comte, rencontre Figaro et lui dit qu'il est assuré de gagner son procès. Malheureusement, le Comte entend cette dernière remarque, et se promet de punir les deux insolents en faisant perdre son procès à Figaro.

REPÈRE POUR LA LECTURE

La comédie du badinage

Suzanne et le Comte échangent des propos plaisants. Cette scène de badinage contraste fortement, pour le spectateur, avec le décor solennel de cette salle d'audience où le juge suprême qu'est le Comte doit faire appliquer sa propre loi. Ce contraste souligne avec force combien le grand seigneur libertin est corrompu et sans scrupules. Suzanne utilise le prétexte du flacon d'éther « baissant les yeux », faisant la révérence, en habile comédienne, échappant à ses baisers, comme à ceux de Figaro et de Chérubin. Elle conclut ainsi un véritable marché avec le Comte : son accord pour le mariage contre un rendez-vous. Cependant elle crie trop tôt victoire et compromet par sa précipitation l'issue du procès.

ACTE III, SCÈNES 12 À 15

RÉSUMÉ

Marceline arrive avec Bartholo et Brid'oison. Elle explique à ce dernier l'objet de sa plainte. Figaro entre dans la salle d'audience et se présente à Brid'oison. Arrivée du Comte. L'huissier fait entrer l'auditoire. Bartholo sert d'avocat à Marceline, tandis que Figaro déclare qu'il se défendra lui-même. Après la lecture de la promesse écrite de Figaro à Marceline, une controverse un peu ridicule s'ouvre entre Bartholo et Figaro sur les termes exacts de la promesse. Finalement, le Comte tranche en ordonnant à Figaro de payer sa dette à Marceline ou bien de l'épouser le jour même.

REPÈRE POUR LA LECTURE

Une satire de la justice

Tout l'intérêt de ce procès est de nature satirique et comique ; l'enjeu dramatique en est très réduit puisqu'il s'agit d'un procès truqué, dont l'issue est décidée à l'avance. Le débat se réduit à une interprétation aléatoire, à une querelle acharnée entre le « et » et « ou ». Les répétitions, les oppositions de répliques rapides, le discours ampoulé et inopérant du bègue Brid'oison, tout comme la longue plaidoirie digressive et grandiloquente de Bartholo font de cet échange une mécanique absurde, dont l'enjeu est la mise en cause des dysfonctionnements de la justice.

ACTE III, SCÈNES 16 À 19

RÉSUMÉ

Figaro, furieux, déclare qu'il ne veut pas épouser Marceline et que d'ailleurs, il est peut-être gentilhomme, puisqu'on a pris soin de faire une marque distinctive sur son bras lorsqu'il était enfant (Figaro est un enfant trouvé). Marceline demande à voir la marque, et reconnaît en Figaro son fils perdu Emmanuel. Après une scène mélodramatique, où Marceline ne manque pas de décrire l'état d'asservissement de la femme dans la société de l'époque, Figaro embrasse son père Bartholo et sa mère Marceline. Suzanne arrive avec la dot que lui a donnée la Comtesse : n'étant pas au courant du coup de théâtre qui vient juste de se produire, elle offre de payer la dette de Figaro. Le Comte, voyant ses plans échouer, quitte la salle. Figaro embrasse sa mère en présence de Suzanne qui ignore tout de leur reconnaissance réciproque. Figaro lui explique ce qui vient de se passer et Suzanne, à son tour, embrasse Marceline. Mais Antonio, l'oncle de Suzanne, ne veut pas donner sa nièce à Figaro, dont les parents ne sont pas mariés.

Finalement, Bartholo se laisse attendrir par Suzanne et Marceline. Ils sortent tous pour rejoindre le Comte et obtenir de lui son assentiment.

REPÈRE POUR LA LECTURE

Le coup de théâtre de la reconnaissance filiale

Alors même que la cause du mariage entre Figaro et Suzanne paraissait définitivement perdue, Beaumarchais a recours à l'une des plus grosses «ficelles» qui soit dans la comédie classique et le drame bourgeois. Il s'agit de la reconnaissance filiale: des parents et des enfants que la vie avait séparés se retrouvent et se reconnaissent. Le théâtre du dix-huitième siècle, très larmoyant, utilisait volontiers ce genre de coup de théâtre qui permet de résoudre comme par enchantement une situation qui paraissait absolument sans issue. Beaumarchais utilise cette technique au second degré, pour se moquer de ces conventions théâtrales.

ACTE IV

Composé de seize scènes, cet acte a apparemment moins d'importance pour l'action. L'intrigue principale se dénoue mais le Comte reste un obstacle. Figaro n'est plus dans cet acte le maître du jeu: il doute de Suzanne et cède à la jalousie, tandis que la Comtesse tente de reconquérir son mari.

ACTE IV, SCÈNES 1 À 3

RÉSUMÉ

Dans la galerie du château, apprêtée pour la fête, Figaro et Suzanne se réjouissent du hasard qui a si bien arrangé les choses. Pour Figaro, il n'est plus question que Suzanne aille au rendez-vous du Comte: cette dernière lui donne sa parole.

La Comtesse arrive et prend Suzanne à part, pendant que Figaro s'en va. Elle veut aller au rendez-vous de son mari sous les habits de Suzanne. Ainsi, cette dernière, tout en tenant parole à Figaro, peut aider sa maîtresse à démasquer le Comte. Les deux femmes préparent un billet destiné au Comte, qui fixe le rendez-vous dans la cour,

sous les marronniers. Le Comte devra répondre en renvoyant l'épingle qui sert de cachet au billet.

REPÈRES POUR LA LECTURE

Un badinage sentimental

Figaro et Suzanne se retrouvent dans une scène de badinage rappelant la scène d'ouverture de la pièce. Le valet y est cependant plus réfléchi, plus sentimental, même sentencieux, s'interrogeant sur le hasard qui a permis la reconnaissance de l'acte III. Dans deux tirades, il expose sa vision assez traditionnelle de la fortune ; son ton est devenu sérieux. Sa joie est « folle » mais elle semble plus profonde que sa gaieté habituelle.

Le stratagème de la Comtesse

La Comtesse quitte son rôle de victime, résolue à exposer l'infidélité de son mari. Elle contraint Suzanne à jouer son rôle jusqu'au bout. Maîtresse d'elle-même, elle masque ses sentiments au souvenir du page, évoqué par un nouveau jeu de scène sur le ruban.

ACTE IV, SCÈNES 4 À 8

RÉSUMÉ

Fanchette et Chérubin, déguisé en jeune fille, viennent offrir des fleurs à la Comtesse. Chérubin est démasqué par le Comte, grâce à la dénonciation d'Antonio. La Comtesse doit alors avouer qu'il se trouvait dans sa chambre le matin même. C'est alors que Fanchette, tout naïvement, demande au Comte la permission d'épouser Chérubin : en échange, elle lui accordera ses faveurs qu'il a si souvent sollicitées. La Comtesse est ainsi justifiée et le Comte fort gêné d'avoir été percé à jour. Figaro arrive et doit s'expliquer devant le Comte et Antonio de sa prétendue chute du matin. Sans perdre la face, il prétend avoir sauté avec Chérubin. Le Comte renvoie Chérubin et demande à la Comtesse d'assister aux deux noces.

REPÈRE POUR LA LECTURE

Le comique de situation

Le comique de ces scènes repose sur la situation dans laquelle se retrouve chacun des personnages. La Comtesse embrasse Chérubin sans le vouloir, le Comte ne peut plus nier qu'il courtise toutes ses servantes après la déclaration «naïve» de Fanchette, Figaro oublie sa blessure au pied et Chérubin en deux répliques fait une déclaration à la Comtesse. Les personnages ont du mal à rester dans leur rôle. Le Comte ne semble pas dupe en déclarant: «Jouons-nous une comédie?» La tonalité comique et les jeux de scène ne permettent pas de prendre au sérieux ce qui pourrait être une nouvelle menace au mariage de Figaro et de Suzanne.

ACTE IV, SCÈNES 9 À 12

RÉSUMÉ

La noce commence en musique. Le Comte remet la toque virginale à Suzanne, qui en profite pour lui glisser le billet de rendez-vous, cacheté par une épingle. Le Comte, après l'avoir lu, garde précieusement l'épingle. Puis la Comtesse quitte la salle, suivie de Suzanne, au moment où Bazile entre à grand fracas. Il réclame justice au Comte: Marceline lui a promis de l'épouser. Mais lorsque Bazile apprend que Figaro est le fils de Marceline, il renonce à son projet.

Enfin les noces peuvent avoir lieu. Le Comte demande une heure de retraite. Un valet annonce la préparation du feu d'artifice sous les marronniers. Le Comte, craignant pour son rendez-vous, ordonne aussitôt de faire les préparatifs sur la terrasse.

REPÈRE POUR LA LECTURE

Un effet de suspense

Beaumarchais veut tenir son spectateur en haleine jusqu'au bout. Bazile vient faire diversion, mais cela ne concerne pas l'intrigue principale. L'intérêt — non réciproque — de Bazile pour Marceline, s'il avait été plus développé, aurait pu constituer une troisième intrigue de la pièce, après la seconde, qui consiste en l'amour de Chérubin pour la Comtesse. Mais cette sous-intrigue est pour ainsi dire avortée, et l'apparition de Bazile ne représente ici qu'un intermède comique sans conséquences sur le déroulement de l'action.

En revanche, le billet qu'échangent le Comte et Suzanne va avoir une incidence réelle sur le reste de la pièce. Il s'agit de la conspiration menée par la Comtesse, dont Suzanne n'est que la complice.

ACTE IV, SCÈNES 13 À 16

RÉSUMÉ

Marceline, sur un ton maternel, s'excuse auprès de Figaro de s'être montrée si hostile vis-à-vis de Suzanne, lorsque celle-ci était encore pour elle une rivale. Figaro lui dit que si Suzanne le trompe un jour, il lui pardonne d'avance, car la jalousie lui répugne.

Figaro aperçoit Fanchette : celle-ci lui dit qu'elle a été chargée par le Comte de remettre à Suzanne l'épingle du billet qui confirme le rendez-vous des grands marronniers. Figaro, devenu jaloux, malgré ce qu'il vient de dire à sa mère, menace de renoncer à son mariage. Puis, sur les conseils de Marceline, il décide d'être plus prudent et de se rendre sous les marronniers pour observer lui-même la scène. Marceline décide d'avertir Suzanne des intentions de Figaro.

REPÈRE POUR LA LECTURE

Figaro, personnage de drame ?

Cette nouvelle péripétie montre Figaro pris à son propre piège, brutalement contredit par les faits. Ce passage comporte un certain comique de caractère puisque l'on voit Figaro en proie à la jalousie après avoir proclamé qu'il en était immunisé. Mais ce personnage comique se métamorphose en un personnage dramatique. Figaro, qui a fait profession d'indifférence, est d'autant plus blessé qu'il comprend *a posteriori* que le billet a été donné au Comte pendant la cérémonie de mariage. Le personnage a perdu son entrain et c'est maintenant lui qui menace son propre mariage. Sa mère Marceline, avec bon sens et gaieté, le relaie pour clore l'acte en annonçant la revanche des femmes sur « ce nigaud de sexe masculin » pour l'acte suivant.

ACTE V

L'acte entier se déroule sous les marronniers. L'action rebondit sous l'impulsion de la Comtesse qui a l'initiative du complot contre le Comte. Les femmes dominent le jeu, les hommes sont les dupes de cette conspiration. Le dénouement est ici complet et permet la résolution des conflits. Après le coup de théâtre de l'acte III, la cérémonie du mariage célébrée à l'acte IV, le désir du Comte pour Suzanne reste le seul obstacle à l'harmonie générale.

ACTE V, SCÈNES 1 ET 2

RÉSUMÉ

Fanchette vient apporter quelques provisions à Chérubin, qui lui a donné rendez-vous dans le pavillon. Figaro est également présent avec Bazile, Antonio, Bartholo, le juge et toute une troupe de valets. Ces derniers se demandent pourquoi Figaro, avec un air de conspirateur, les a fait venir. Apprenant qu'il s'agit d'un rendez-vous, ils quittent le parc.

REPÈRE POUR LA LECTURE

Les préparatifs de la conspiration

Dans un véritable prologue au spectacle qui va suivre, Figaro mène à nouveau les vassaux. Il place ses personnages : Bazile, Antonio, Bartholo... comme des figurants. Il crée une atmosphère inquiétante dans ce lieu obscur : il est vêtu d'un grand manteau et d'un large chapeau... Ce personnage de comédie devient un véritable personnage de drame. Figaro se prépare à affronter le Comte.

RÉSUMÉ

Figaro, resté seul et plein de désarroi, ne peut s'empêcher de déclamer, dans une longue tirade, tous les malheurs de sa vie : enfant trouvé, élevé par des brigands, malgré ses talents, il eut toutes les peines à trouver un moyen de subsister, toujours en butte aux exactions des seigneurs ou aux excès de la censure. Et maintenant, c'est Suzanne qui le trahit. Mais il entend des pas et se cache.

REPÈRES POUR LA LECTURE

Une confidence

Ce très long monologue ne permet pas à l'intrigue de progresser. C'est une pause, dans le rythme haletant de cette folle journée, ce que souligne la didascalie « il s'assied ». Le retour sur soi qu'effectue Figaro, victime de l'infidélité, étoffe le personnage. Le valet de comédie semble ici jouer un drame ou une comédie sentimentale.

Un défi au Comte

Il ne s'agit pas seulement d'un monologue : Figaro apostrophe le Comte dans un dialogue fictif : « Non, Monsieur le Comte, vous ne l'aurez pas ». Son autobiographie au présent de narration est prétexte à une morale désabusée. Sur le ton de la satire, il fait des allusions aux privilèges des nobles, à la liberté de la presse, à la société qui ne reconnaît pas les qualités réelles, soulignant par un jeu d'antithèses son propre mérite par rapport à son maître qui l'humilie. Ses sentences au présent sont celles d'un orateur, « il se lève » pour donner plus d'autorité à son discours. Les événements de son existence s'enchaînent sur un rythme soutenu grâce aux énumérations. À la fin, le ton n'est plus celui de l'ouverture du monologue, véritable déploration sur l'inconstance féminine, mais un retour au présent de l'action, à la lutte pour son bonheur : « voici l'instant de la crise ».

RÉSUMÉ

Arrivée de Suzanne et de la Comtesse qui ont échangé leurs habits, tandis que Marceline se cache dans le même pavillon que Fanchette. Suzanne dit tout haut à la Comtesse, afin que Figaro spectateur caché l'entende, qu'elle veut prendre l'air sous les arbres; puis elle se retire du côté opposé à Figaro pour assister au rendez-vous.

La scène 6 et les scènes suivantes se passent dans une demi-obscurité, ce qui explique les nombreux quiproquos. Chérubin arrive à son rendez-vous et rencontre la Comtesse qu'il prend pour Suzanne. Sachant que celle-ci attend le Comte, il veut lui donner un baiser pour prix de sa discrétion. C'est alors que le Comte arrive et reçoit malencontreusement le baiser à la place de la Comtesse, tandis que Chérubin s'enfuit et rejoint Fanchette et Marceline dans le pavillon.

REPÈRE POUR LA LECTURE

Le premier quiproquo comique

Les hommes sont dupés sur l'identité de la femme à laquelle ils s'adressent; les apartés illustrent leur aveuglement. Le premier quiproquo met ici à nouveau Chérubin en présence du Comte: la Comtesse, troublée par cette situation imprévue, craint pour le page. Le Comte reçoit le baiser destiné à sa femme dans un premier quiproquo comique dû à l'obscurité.

ACTE V, SCÈNE 7

RÉSUMÉ

Figaro s'approche du Comte et reçoit le soufflet que ce dernier réservait à Chérubin. Le Comte, très tendre avec sa femme qu'il prend vraiment pour Suzanne, l'entraîne vers un des pavillons pour plus de discrétion. C'est alors que Figaro décide de les surprendre: le Comte, alerté, s'enfuit tandis que la Comtesse entre dans un autre pavillon.

REPÈRE POUR LA LECTURE

Le deuxième quiproquo

Le Comte tombe dans le piège tendu par la Comtesse. Le comique de la situation est remis en cause par l'émotion de la Comtesse. Le choc qu'elle reçoit oriente un moment la comédie vers le drame. Le quiproquo a aussi un intérêt psychologique et social: il s'agit d'un débat sur les rôles de la femme et de l'homme dans l'amour. Cependant les apartés de Figaro – «On n'est pas plus coquine que cela» – soulignent l'illusion théâtrale; il se laisse prendre au jeu, et interrompt brutalement la scène.

ACTE V, SCÈNES 8 À 10

RÉSUMÉ

Figaro rencontre Suzanne qu'il prend pour la Comtesse. Cependant, celle-ci se trahit par sa voix; mais Figaro, tout en étant rassuré, veut se venger en feignant de prendre Suzanne pour la Comtesse et en faisant la cour à cette dernière. De son côté, Suzanne veut punir Figaro de ses soupçons et le gifle plusieurs fois tandis qu'il est à genoux devant elle. La scène s'achève par une réconciliation: Figaro confie à Suzanne qu'il l'avait reconnue à sa voix, tandis que Suzanne lui révèle la véritable identité de la Suzanne du rendez-vous; c'était la Comtesse elle-même qui essayait de reconquérir son mari.

Le Comte arrive et aperçoit Figaro aux pieds de Suzanne qu'il prend pour la Comtesse. Il croit reconnaître la voix de l'homme qui était dans le cabinet de sa femme le matin même, et crie «vengeance». Suzanne s'enfuit dans le pavillon où se trouvent déjà Fanchette, Chérubin et Marceline, tandis que le Comte saisit Figaro par le bras.

REPÈRE POUR LA LECTURE

L'intrigue se dénoue

Suzanne à son tour est dupée par la comédie de la séduction mais la scène se termine par une réconciliation dans le rire. Les soufflets à répétition constituent un jeu de scène propre à la comédie populaire ou à la farce. L'humiliation outrée de Figaro permet elle aussi de dénouer la tension qui régnait sur scène. Suzanne révèle à Figaro le stratagème de la Comtesse pour démasquer son mari et tous deux sont à nouveau complices, unis contre le Comte tout comme au début de la pièce. Le spectateur n'attend plus que la défaite de ce dernier, après cette série de quiproquos invraisemblables.

ACTE V, SCÈNES 11 À 18

RÉSUMÉ

Pédrille arrive et révèle au Comte qu'il n'a pas trouvé Chérubin à Séville. Le Comte, confirmé dans ses soupçons, appelle ses gens. Brid'oison, Bartholo, Bazile et toute la noce accourent. Le Comte fait saisir Figaro et, croyant le démasquer, lui demande qui se trouve dans le pavillon. Celui-ci affirme froidement qu'il s'agit de son amante, ce qui rend le Comte furieux. Le Comte, persuadé que sa femme se trouve seule dans le pavillon, lui demande de sortir. Chérubin sort le premier. Le Comte, hors de lui, envoie Antonio pour y chercher la Comtesse. Antonio ressort avec sa propre fille Fanchette. Le Comte, outré, veut entrer lui-même, mais Bartholo prend sa place et entre à son tour dans le pavillon. Bartholo ressort du pavillon avec Marceline. Enfin, Suzanne sort et se met à genoux devant le Comte. Figaro, Marceline et les autres en font autant.

REPÈRE POUR LA LECTURE

La résolution imminente du conflit

Le comique de répétition et le « suspense » sont garantis grâce aux sorties successives des pavillons. Le spectateur est complice de Figaro mais il en sait plus que lui car il connaît l'identité des personnages. La fureur croissante du Comte est de plus en plus comique, d'autant que tous se liguent contre lui, jusqu'à Brid'oison qui réduit la scène à un vulgaire vaudeville, « Qui-i donc a pris la femme de l'autre ? ». L'inflexibilité du Comte, son refus de pardonner alors qu'il se fait prier en maître tout-puissant, accentuent son isolement; sa défaite est de plus en plus attendue par le spectateur.

ACTE V, SCÈNE 19

RÉSUMÉ

La Comtesse sort de l'autre pavillon et se jette aux pieds de son mari: celui-ci, réalisant sa méprise, la supplie de lui pardonner, ce que la Comtesse accepte aussitôt. Figaro, Suzanne et Marceline en font autant et tout s'arrange au mieux. La Comtesse offre la dot et le brillant promis aux mariés. En guise de jarretière, elle jette le ruban; il est prestement ramassé par Chérubin. La pièce se termine par un «vaudeville», chanson de scène où chacun vient chanter son couplet.

REPÈRE POUR LA LECTURE

Le dénouement: un «happy end»

Les jeux de scène des pavillons, la réconciliation générale permettent la résolution des conflits. La grande fête musicale de la fin fait triompher la théâtralité: les couplets chantés par chaque personnage résument les «leçons» de la pièce: Figaro chante ainsi la jalousie, et les hasards de la naissance.

Avec les trois couples légitimes réunis, le dénouement est aussi un retour à la normale, éliminant l'adultère grâce au quiproquo qui ramène le Comte à son épouse. Le grand seigneur triomphe provisoirement de ses défauts. La lutte entre le valet et le maître, qui risquait de mettre en danger l'harmonie collective, est ainsi terminée. Cependant c'est une fin ambiguë et incertaine, grâce à la réplique de la Comtesse; soulignée par une didascalie soigneusement étudiée par Beaumarchais: «*absorbée, [elle] revient à elle, et dit avec sensibilité*: Ah! oui, cher Comte, et pour la vie, sans distraction, je vous le jure». Son trouble, sa rêverie, évoquent de façon voilée une suite possible à l'intrigue avec Chérubin.

DEUXIÈME PARTIE

Problématiques essentielles

1 *Le Mariage de Figaro* dans la carrière de Beaumarchais

Né en 1732, Pierre-Augustin Caron (le futur Beaumarchais) se révèle très vite doué pour les Sciences et les Lettres. C'est un ambitieux, qui, comme son futur personnage Figaro, sait intriguer quand il le faut. En 1755, Pierre-Augustin Caron est introduit à la cour du roi Louis XV, dont il devient le familier, et qui l'anoblit. Il porte désormais le nom de « Monsieur de Beaumarchais ».

Dès 1757, il se lie d'amitié avec le célèbre financier Pâris-Duverney, qui lui permet de s'initier aux affaires et au commerce. *Le Mariage de Figaro* sera nourri des expériences et des déboires de Beaumarchais dans ce domaine (voir le monologue de l'acte V, scène 3). En 1764, sous le prétexte de venger l'honneur de sa sœur, bafouée par un séducteur, Beaumarchais se rend en Espagne. Il y reste jusqu'en 1765, traitant ses propres affaires commerciales et financières, notamment le commerce avec la Louisiane, qui était alors passée sous contrôle espagnol. Au cours de ce séjour, Beaumarchais peut se familiariser avec les mœurs et les coutumes de ce pays, qui servira de cadre au *Barbier de Séville* et au *Mariage de Figaro*.

LES DÉBOIRES JUDICIAIRES

L'année 1767 voit le véritable début de sa carrière littéraire, avec la représentation à la Comédie-Française de sa première comédie, *Eugénie*. Trois ans plus tard, il fait jouer, sur la même scène, sa deuxième comédie, *Les Deux Amis*. En 1773, à la suite d'un démêlé avec un puissant aristocrate, le duc de Chaulnes, Beaumarchais est incarcéré. C'est alors que le comte de la Blache, héritier de son ami

Pâris-Duverney, mort trois ans plus tôt, accuse Beaumarchais de faux dans la liquidation de la succession de ce dernier. Beaumarchais est alors condamné par le juge Goëzman, dont il se vengera en le représentant sous les traits du ridicule juge Gusman Brid'oison dans *Le Mariage de Figaro*. Ce procès perdu sera pour beaucoup dans l'inspiration de la pièce, car Beaumarchais a pu faire l'expérience directe d'une justice corrompue. Il va jusqu'à rédiger quatre mémoires pour se défendre des accusations portées contre lui, ce qui lui vaut un blâme. Cette sanction est très grave, car elle entraîne le retrait des droits civils les plus vitaux, comme le droit de faire un testament, de se marier, etc. C'est donc une véritable « mort civile ». Cette expérience douloureuse explique peut-être pourquoi, dans notre pièce, Figaro est un enfant trouvé. En effet, les enfants sans parents, à cette époque, étaient également privés de leurs droits civils.

Malgré sa condamnation, le roi lui confie cependant plusieurs missions secrètes à l'étranger.

LE SUCCÈS

1775 est une année faste, qui voit la présentation du *Barbier de Séville* à la Comédie-Française. Le succès est immédiat. Parmi ses nombreuses occupations, Beaumarchais pousse le nouveau roi, Louis XVI, à fournir de l'aide aux colons anglais qui, en Amérique du Nord, viennent de se révolter contre le gouvernement de Londres et la Couronne britannique. L'année suivante, en 1776, son blâme est levé. Beaumarchais ravitaille les insurgés d'Amérique en armes et en munitions. Cet engagement, même s'il est en partie motivé par l'argent, cristallise peut-être les sentiments pré-révolutionnaires, ou du moins réformistes, qu'il manifestera dans *Le Mariage de Figaro*. Autre initiative réformiste : en 1777, il regroupe les auteurs dramatiques en une association pour la défense de la propriété littéraire : la Société des auteurs dramatiques. Cette initiative est très importante : elle garantit aux auteurs que leurs textes ne seront pas impunément plagiés par quelqu'un d'autre.

LE RETENTISSEMENT DE LA PIÈCE

1784 est l'année décisive: après quatre ans d'interdiction, *Le Mariage de Figaro* est joué à la Comédie-Française. La pièce obtient beaucoup de succès et prend la valeur d'un signe avant-coureur de la Révolution. L'auteur, désormais à l'apogée de sa carrière, est surnommé Beaumarchais-Figaro. Mais son triomphe le rend trop sûr de lui-même. Agacé par ses impertinences, le roi (Louis XVI) le fait emprisonner pendant quelques jours en 1785. Dès lors, les événements politiques vont se précipiter, et cette révolution que la pièce paraissait annoncer plonge la France dans la tourmente quatre ans plus tard. En fait, dès 1787, année où Beaumarchais fait jouer son opéra, *Tarare*, des troubles commencent à signaler la crise finale de la société d'Ancien Régime, bâtie sur le système des privilèges nobiliaires.

Le Mariage de Figaro confère à Beaumarchais un certain crédit auprès des autorités révolutionnaires, qui admirent en lui l'un des pourfendeurs de l'Ancien Régime et de ses abus. Il en profite pour terminer une tâche qui lui tenait à cœur: la publication des œuvres complètes de Voltaire.

UNE TRISTE FIN DE VIE

En 1792, *La Mère coupable*, suite du *Mariage de Figaro*, est jouée au théâtre du Marais. Mais, comme en 1784, Beaumarchais, grisé par le succès, perd toute prudence. Rendu suspect par son luxe, il est accusé de trafic d'armes. Puis il joue un rôle assez ambigu sous la Convention, à partir de 1793, et échappe de justesse à la guillotine. Il décide de quitter la France. En 1794, il s'exile à Hambourg, où il connaît la misère.

En 1796, il rentre à Paris, vieilli et usé par sa vie aventureuse, et y meurt trois ans plus tard, en 1799, peu de temps avant que Bonaparte, le futur empereur, ne prenne le pouvoir. Ironie du destin : Napoléon, qui dira que *Le Mariage de Figaro* était « la Révolution en action », est celui qui met fin au processus révolutionnaire, tout en conservant les acquis positifs de celui-ci.

2 Les personnages du *Mariage de Figaro*

Un certain nombre de personnages du *Barbier de Séville* réapparaissent dans *Le Mariage de Figaro*: Figaro, bien sûr, le Comte, Rosine (que l'on appelle désormais la Comtesse, puisqu'elle a entre-temps, épousé le Comte Almaviva), le docteur Bartholo, et enfin son ancien complice Bazile, devenu maître de musique chez le Comte, et toujours aussi dénué de scrupules. Quant à Marceline, l'ancienne gouvernante de Rosine dans *Le Barbier de Séville*, elle joue un rôle important dans *Le Mariage de Figaro*. Dans *Le Barbier de Séville*, son nom est mentionné, mais elle n'apparaît jamais sur scène. Tous les autres personnages: Suzanne, Chérubin, Fanchette, Brid'oison, Gripe-Soleil, Double-Main, les paysans apparaissent pour la première fois dans *Le Mariage de Figaro*.

Pour brosser le portrait de chacun de ces personnages, on dispose d'une source extrêmement fiable, puisqu'elle émane de Beaumarchais lui-même. En effet, l'auteur donne ses propres vues sur certains de ses personnages, dans deux textes importants: il s'agit de la Préface du *Mariage de Figaro*, qu'il rédigea pour l'édition de 1785, et des *Caractères et habillements de la pièce*[1].

UNE CRÉATION ORIGINALE : FIGARO

Le valet de comédie

En tant que personnage littéraire, Figaro est une création extrêmement originale, bien que l'on puisse reconnaître en lui certains

1. Il s'agit d'une série d'indications sur le costume et le tempérament des personnages, que l'auteur d'une pièce prépare à l'intention des comédiens.

modèles traditionnels. Du valet de comédie, il a les traits typiques: c'est un homme du peuple, à l'esprit vif, au tempérament enjoué Marceline l'aime avant tout pour sa gaieté. Mais il est aussi un personnage rusé et plein de ressources: la vie l'a obligé à être «débrouillard». Lui-même, dans son long monologue de l'acte V, scène 3, le déclare: «Perdu dans la foule obscure, il m'a fallu déployer plus de science et de calculs pour subsister seulement qu'on en a mis depuis cent ans à gouverner toutes les Espagnes.»

Justement, il ne faut pas oublier que la pièce se déroule en Espagne. Figaro rappelle un modèle courant dans la littérature qui fleurit au-delà des Pyrénées. Ce type de héros, que l'on appelle un *picaro* en espagnol, est popularisé au XVIIe siècle dans des romans d'aventures qui vont bientôt porter l'étiquette de «picaresques». Comme Figaro, un *picaro* est un personnage d'aventurier sympathique mais parfois peu scrupuleux, qui connaît maints déboires au cours d'une vie itinérante, pendant laquelle il exerce toutes sortes d'activités. Figaro/picaro: la ressemblance expliquerait peut-être le nom du personnage de Beaumarchais. Mais ce nom de Figaro a été expliqué d'une autre manière: il proviendrait de «fils Caro», c'est-à-dire «fils de (Pierre-Augustin) Caron», alias Beaumarchais. Figaro, par ailleurs, doit beaucoup à d'illustres valets du théâtre français, notamment Scapin, pour ne citer que ce personnage de Molière, remarquable par ses «fourberies».

Une profondeur humaine et émouvante

Beaumarchais, dans *Le Mariage de Figaro*, a donné à son personnage une profondeur humaine, et parfois émouvante, que n'ont pas les valets traditionnels de la comédie, et qu'il n'avait pas lui-même dans *Le Barbier de Séville*. Ceci apparaît surtout dans le monologue de l'acte V, où Figaro nous émeut en nous racontant sa vie et ses malheurs. Il exprime des considérations philosophiques et métaphysiques, que l'on ne s'attendrait pas à trouver dans une comédie. Figaro s'interroge, comme le faisaient Zadig ou Candide dans les contes de Voltaire, sur la puissance mystérieuse de la Destinée.

« Ô bizarre suite d'événements! Comment cela m'est-il arrivé? Pourquoi ces choses et non pas d'autres? Qui les a fixées sur ma tête? » Il va encore plus loin, médite sur le problème de l'identité individuelle: « quel est ce *moi* dont je m'occupe: un assemblage informe de parties inconnues... » (V, 3).

Beaumarchais a utilisé Figaro comme un miroir de sa propre vie aventureuse et « picaresque »; mais aussi comme un écho de toutes ses préoccupations morales et philosophiques. Admirateur de Voltaire et d'autres philosophes des Lumières, le créateur de Figaro était un homme grave sous des dehors légers; et Figaro est parfois le porte-parole de ses réflexions les plus profondes.

UNE CONFIDENTE ET UNE ALLIÉE : SUZANNE

Suzanne est la « camériste », c'est-à-dire la femme de chambre de la Comtesse. Mais elle est aussi sa confidente, et la Comtesse la traite presque comme une amie, malgré l'inégalité de leur condition sociale. Dans la comédie, il est de tradition qu'une certaine complicité existe entre maîtres et serviteurs. Pendant la plus grande partie du temps qu'elle occupe dans la pièce, nous la voyons en compagnie de sa maîtresse.

Elle peut se moquer subtilement de la Comtesse elle-même, malgré le dévouement parfait qu'elle lui témoigne. En effet, Suzanne est très perspicace: elle s'aperçoit du trouble de sa maîtresse au moment où celle-ci va recevoir Chérubin dans sa chambre. Lorsque la Comtesse, dans un accès de coquetterie, s'inquiète du désordre de ses cheveux alors qu'elle a déclaré vouloir « gronder » Chérubin, Suzanne lui dit en riant: « Je n'ai qu'à reprendre ces deux boucles, Madame le grondera bien mieux » (II, 3). Suzanne se moque ainsi, sans méchanceté de sa maîtresse, dont l'attirance pour le page ne lui a pas échappé. Cette raillerie lui attire une certaine froideur de la part de la Comtesse, qui pour une fois la vouvoie non par manque de respect mais par animosité: « Qu'est-ce que vous dites donc, Mademoiselle? » (II, 3).

Une bonne fille du peuple

Beaumarchais a voulu représenter en elle les qualités et le bon sens populaires. Comme son fiancé Figaro, elle est spirituelle et gaie, « mais non de cette gaieté presque effrontée de nos soubrettes corruptrices », comme tient à le préciser Beaumarchais. En effet, si elle est espiègle et ne dédaigne pas de jouer de bons tours à Figaro et au Comte, elle a néanmoins de solides principes moraux. Elle refuse ainsi de céder aux propositions du Comte, qui lui offre une belle dot en échange du « droit du seigneur ». De même, le cynisme de Bazile, qui sert le Comte dans ses manigances amoureuses, la révolte. Elle traite ce même Bazile d'« agent de corruption » et lui reproche ses « affreux principes » (I, 9).

Un tempérament moqueur

Non seulement le spectateur ne rie pas d'elle, mais c'est elle qui le fait rire des autres personnages, en mettant en évidence leurs travers et leurs ridicules. Elle a des pointes d'ironie assez dures contre Marceline, qu'elle traite de « duègne » (I, 5). Le mot « duègne » signifie gouvernante, mais peut aussi désigner, comme ici, une vieille femme revêche : c'est une façon pour Suzanne de ridiculiser les prétentions de Marceline à l'éclipser dans le cœur de Figaro. Elle sait aussi se moquer de Chérubin et de ses soupirs d'amour lorsqu'il parle à la Comtesse : *« Ah ! oui ! »*, fait-elle en imitant la voix et le ton langoureux du page, « Le bon jeune homme ! avec ses longues paupières hypocrites ! » (II, 4).

UN TYRAN DOMESTIQUE : LE COMTE

Depuis *Le Barbier de Séville*, le Comte a mûri, mais les années écoulées n'ont fait qu'accentuer les aspects les plus négatifs de son caractère. Alors qu'il n'était qu'un jeune premier poursuivant sa belle à Séville dans la première pièce, il apparaît tout de suite, dans celle-ci, à l'intérieur de son contexte social : il est sur ses terres, dans son domaine, parmi ses « vassaux[2] ». Il incarne donc le pouvoir féodal, dont il use d'une façon tyrannique et passionnelle. Ce pouvoir est considérable, puisqu'il est de nature à la fois administrative, militaire et juridique : le Comte est *corregidor*, c'est-à-dire, en Espagne, l'autorité juridique suprême de sa province. On apprend aussi au début de la pièce que le roi vient de le nommer ambassadeur à Londres, ce qui indique assez clairement le crédit dont il jouit auprès de la Couronne. Loin de reconnaître l'abus qu'il fait de ce pouvoir, il aime à jouer au seigneur paternaliste, qui régit ses domaines selon le droit et la justice : ainsi, lorsque Figaro, plein de ruse, feint de lui adresser des louanges publiques pour avoir renoncé à l'ancien « droit de cuissage[3] » du seigneur, le Comte se récrie : « Tu te moques, ami ! L'abolition d'un droit honteux n'est que l'acquit d'une dette envers l'honnêteté... » (I, 10).

Un égoïste colérique

Le caractère du Comte l'a coupé de son entourage. La complicité de jadis entre lui et Figaro a laissé place à une méfiance mutuelle, dont il souffre au fond de lui-même : « Autrefois, tu me disais tout », dit-il à Figaro (III, 5).

Le principal défaut du Comte est son égoïsme : il est prêt à tout sacrifier à son orgueil et à ses passions. Figaro peut à juste titre lui reprocher son manque de domination de soi-même, ce qui constitue un manquement très grave au code moral de l'aristocratie, dans l'idéologie du temps : « Vous commandez à tout ici, hors à vous-même » (V, 12). En effet, tout au long de la pièce, on le voit trépigner de rage et de colère : il doit exercer un effort considérable sur lui-même pour sauver les apparences. Même son épouse a peur de ses accès de violence. Quant au page Chérubin, pendant les quatre premiers actes, il est littéralement terrifié par lui.

---

2. Le terme de « vassal » qui dans le langage de la féodalité désigne un seigneur de rang inférieur lié par allégeance à un autre noble de rang supérieur (lequel est vis-à-vis de lui son « suzerain »), est utilisé dans toute la pièce dans un sens plus large, et désigne en fait les paysans et les domestiques.

3. Cette coutume remontait à des temps très anciens, et permettait au seigneur féodal de faire l'amour avec la mariée juste après la cérémonie nuptiale. Il avait donc le privilège d'ôter sa virginité à la femme qui dépendait de son autorité.

Un homme méprisant

Si le Comte est dominé par son tempérament colérique, il est aussi le jouet de ses passions sensuelles. Ces divers traits se combinent pour former le paradoxe central de son caractère : car s'il est indulgent pour lui-même, il est extrêmement sévère pour les autres. Son mépris pour ses serviteurs est tel qu'il juge sans importance chez eux les égarements de conduite — notamment en matière amoureuse — qu'il condamnerait sans pitié chez son épouse : « Des libertés chez mes vassaux. Qu'importe à des gens de cette étoffe ! » (III, 4).

Néanmoins la « corruption du cœur » que lui attribue Beaumarchais, qui veut faire de lui un symbole de l'arbitraire des grands seigneurs, ne semble pas irrémédiable. Il est capable de s'amender et même de s'humilier devant son épouse (II, 19). Il peut reconnaître ses torts, faire bonne figure sous les reproches quand il n'est plus dominé par ses passions. À la fin de la pièce, il semble s'être complètement racheté.

UNE FEMME TYRANNISÉE PAR SON MARI : LA COMTESSE

« Caractère aimable et vertueux » : c'est ainsi que Beaumarchais présente la Comtesse dans ses *Caractères et habillements de la pièce*. Contrairement au Comte, les années n'ont pas corrompu ni aigri son cœur. Elle est restée la même, l'expérience — douloureuse — de la vie conjugale en plus. Lorsqu'elle lance à son mari : « Je ne la suis plus, cette Rosine que vous avez tant poursuivie ! Je suis la pauvre comtesse Almaviva ; la triste femme délaissée, que vous n'aimez plus » (II, 19), elle constate que c'est lui qui a changé.

Si elle est très digne dans son malheur, elle manque toutefois d'une grande force de caractère vis-à-vis de son époux, qu'elle redoute. Ce dernier, quand il la croit infidèle, n'hésite pas à lui manquer de respect. Dans la scène 16 de l'acte II, alors qu'il croit sa femme compromise avec Chérubin, il passe du vouvoiement — de rigueur entre époux nobles — au tutoiement, en s'adressant à elle: «Tu es bien audacieuse!». C'est seulement lorsque la conduite du Comte l'indigne ou la blesse au dernier degré qu'elle ose lui lancer de vifs reproches. Il lui faut les encouragements de Suzanne pour qu'elle défende âprement ses intérêts personnels. Lorsque le Comte, à bout de fureur, la menace de façon à peine voilée de la faire enfermer dans un couvent (II, 16), elle se jette à ses pieds, mais c'est pour implorer la grâce de Chérubin, non la sienne. Toutefois, à la fin de la pièce, elle se montre assez espiègle pour jouer un bon tour à son époux volage, en se faisant passer pour Suzanne lors du rendez-vous nocturne de l'acte V.

Une comtesse vertueuse, mais coquette

«Elle est un modèle de vertu, l'exemple de son sexe et l'amour du nôtre», écrit Beaumarchais à son sujet dans la préface. Toutefois, elle n'est pas totalement dénuée de coquetterie, et elle éprouve une attirance très forte pour Chérubin. Lorsque Suzanne se moque doucement de Chérubin, qui a utilisé le ruban qui sert, la nuit, à attacher les cheveux de sa «belle maîtresse», comme un baume pour panser sa blessure au bras, la Comtesse la reprend «*d'un ton glacé*» (II, 6). C'est pratiquement la seule fois où nous la voyons parler durement à sa camériste, ce qui prouve l'intensité des sentiments qui l'agitent.

UN JEUNE SÉDUCTEUR : CHÉRUBIN

Il s'agit sans doute, parmi tous les personnages qui apparaissent pour la première fois dans *Le Mariage de Figaro*, de la création la plus originale de Beaumarchais.

Un « Dom Juan adolescent »

À cause de son intérêt pour les femmes et de la séduction qu'il exerce, on a vu en lui une sorte de «Dom Juan adolescent». La comparaison est assez juste, si l'on excepte la perversité du séducteur légendaire, dont il est exempt. Du fait de sa jeunesse et de son physique très « mignon », selon le mot de Suzanne, il y a chez lui une certaine ambiguïté sexuelle.

Beaumarchais, dans ses indications théâtrales, indique que « ce rôle ne peut être joué que par une jeune et très jolie femme ». Suzanne et la Comtesse prennent un plaisir très vif à travestir Chérubin en fille à l'acte II : « Comme il est joli en fille ! j'en suis jalouse, moi ! » s'exclame Suzanne (II, 6).

Le personnage nous est présenté en pleine puberté, tandis qu'il découvre la sensualité avec une sorte d'émerveillement affolé. Féminin lui-même, il s'extasie devant toutes les « personnes du beau sexe ». Il n'est pas jusqu'à Marceline qui ne lui inspire quelque émoi ; devant Suzanne qui se moque d'un tel penchant pour une femme d'un certain âge, il réplique : « Pourquoi non ? elle est femme ! elle est fille ! Une fille ! une fille ! ah ! que ces noms sont doux ! qu'ils sont intéressants ! » (I, 7). Mais s'il est frivole et sensuel avec Fanchette et Suzanne, il est pris d'un trouble beaucoup plus profond devant la Comtesse. Celle-ci l'attire, mais lui fait peur : « Ah, Suzon, qu'elle est noble et belle ! mais qu'elle est imposante ! » (I, 7). Il va loin pour lui donner des marques de son amour, comme on le voit avec l'épisode du ruban. En fait, la Comtesse est loin d'être insensible à cet amour juvénile : Chérubin est beaucoup plus à ses yeux qu'un simple « morveux sans conséquence », comme le définit affectueusement Suzanne (I, 7).

Un être en pleine évolution

Il évolue au cours de la pièce : terrorisé par le Comte et tremblant devant lui au début, au dernier acte il est assez sûr de lui-même pour tenir tête à son maître. Se croyant insulté par le Comte, il « [tire] à moitié son épée » (V, 19), comme s'il était prêt à se battre en duel contre lui. Sur le plan social, le cas de Chérubin est particulier : il appartient aussi à la noblesse, mais son jeune âge le place dans une situation d'opprimé, comparable à celle des « vassaux » du Comte. Il symbolise peut-être, aux yeux de Beaumarchais, une jeunesse porteuse d'espoir, un avenir en gestation, qui sera meilleur que le présent. Dans *La Mère coupable*, pièce écrite par Beaumarchais entre 1789 et 1790, comme une suite du *Mariage de Figaro*, le personnage gagne en épaisseur dramatique. Bien qu'absent de la pièce, on y apprend dès la première scène que Chérubin est mort à la guerre, et qu'il a eu une véritable liaison amoureuse avec la Comtesse. De cette liaison est né un fils, nommé Léon.

UNE « VIEILLE AMOUREUSE » : MARCELINE

De tous les personnages du *Mariage de Figaro*, c'est sans doute Marceline qui change le plus au cours de la pièce.

Elle apparaît comme un personnage ridicule dans les deux premiers actes. Si elle n'est pas encore très vieille, elle l'est assez pour que son ambition d'épouser « le beau, le gai, l'aimable Figaro » (I, 4) soit franchement présomptueuse. Suzanne ne manque pas de le lui faire sentir, d'une manière très sarcastique, à la scène 5 de l'acte I. La jalousie de Marceline envers une femme plus jeune et plus jolie qu'elle ne fait qu'accroître son ridicule. Elle pourrait donc devenir, dans *Le Mariage de Figaro*, un équivalent féminin de ce type comique du « vieillard amoureux » qu'était Bartholo dans *Le Barbier de Séville*. Mais elle va se métamorphoser avec le coup de théâtre de l'acte III, où elle reconnaît Figaro comme son fils.

Un caractère fort

Même avant ce coup de théâtre, Beaumarchais prend soin de nuancer son caractère. Bien que sa condition sociale soit sans doute modeste, Marceline est une femme instruite : « elle a fait quelques études », comme le concède Suzanne (I, 6). C'est aussi une femme de tête : son caractère fort apparaît dans sa longue tirade de l'acte III, scène 16, où elle ose prendre violemment à partie quatre personnages masculins présents sur scène, dont le Comte lui-même, pour leur reprocher l'oppression que la tyrannie des hommes, selon elle, fait peser sur les femmes. Beaumarchais prend soin de brosser un portrait assez nuancé de ce personnage :

«Marceline est une femme d'esprit, née un peu vive, mais dont les fautes et l'expérience ont réformé le caractère. Si l'actrice qui le joue s'élève avec une fierté bien placée à la hauteur très morale qui suit la reconnaissance du troisième acte, elle ajoutera beaucoup à l'intérêt de l'ouvrage.»

Il est clair, d'après ce passage, que Beaumarchais considère Marceline comme un personnage très important dans *Le Mariage de Figaro*. Elle incarne la mauvaise conscience de cette société féodale dominée par les hommes. Elle fait entendre également la «voix de la nature»: lorsqu'elle a découvert qu'elle est la mère de Figaro, tous ses ressentiments passés, en particulier contre Suzanne, sont balayés d'un seul coup. Elle représente la nature maternelle, généreuse, dévouée entièrement au bonheur de son enfant. Dans le couplet final qu'elle chante, elle peut à juste titre parler du «secret de l'amour».

UN HOMME AMER : BARTHOLO

Le docteur Bartholo a été la principale dupe dans *Le Barbier de Séville*: on se souvient qu'il voulait forcer sa pupille Rosine à l'épouser; mais grâce à la ruse de Figaro, le comte Almaviva, a réussi à lui enlever la jeune fille.

Il réapparaît dans *Le Mariage de Figaro* encore plein de rancune contre tous ceux qui l'ont berné: Figaro, le Comte, et Rosine. Il éprouve même une méchante satisfaction lorsqu'il apprend de la bouche de Marceline que la comtesse Almaviva (c'est-à-dire la Rosine du *Barbier de Séville*) souffre d'être délaissée par son mari (I, 3). Marceline le décrit comme un «railleur fade et cruel» (I, 4).

Une vengeance personnelle

Il est enthousiaste pour aider Marceline à épouser Figaro, afin de se venger: en empêchant Figaro d'épouser Suzanne, il lui retournerait la monnaie de sa pièce. De même que Figaro l'avait empêché d'épouser Rosine dans *Le Barbier de Séville*, il empêcherait à son tour Figaro d'épouser celle qu'il aime. Pour assouvir sa vengeance personnelle, il sert d'avocat à Marceline lors du procès. Il y a entre eux une relation ancienne : Marceline était la *duègne* (d'un mot espagnol signifiant « gouvernante ») de Rosine. On sait, en outre, que Bartholo et Marceline ont jadis été amants, et que de leurs amours est né un fils. Ne voulant pas reconnaître cet enfant naturel, Bartholo a forcé Marceline à l'abandonner : cette dernière le lui rappelle amèrement (I, 3), ce qui informe le spectateur et annonce le coup de théâtre de l'acte III (voir résumé de la pièce, p. 20). Même après la reconnaissance de Figaro, qui s'avère être leur fils, Bartholo se montre parjure et cynique envers Marceline. Il lui avait promis de l'épouser s'ils retrouvaient leur enfant, mais devant la mise en demeure de son ancienne maîtresse, il répond : « Si pareils souvenirs engageaient, on serait tenu d'épouser tout le monde » (III, 16).

Un personnage qui se rachète

Toutefois, assiégé par les sollicitations fort tendres (et intéressées) de Marceline et de Suzanne, il finit par se laisser attendrir, et se reproche à lui-même d'être « plus bête encore » que Brid'oison (III, 19), lequel n'apprécie guère la remarque.

Par la suite, notamment dans l'acte final, ses caractères négatifs s'estompent, voire disparaissent tout à fait. Cédant à son penchant mélodramatique, Beaumarchais présente un Bartholo qui, s'il n'a pas perdu son aspect pédant et compassé, peut à juste titre se targuer de sa domination de soi-même, devant le Comte, qui en manque singulièrement : « Je suis de sang-froid, moi » (V, 16). Beaumarchais va même jusqu'à placer dans sa bouche une maxime de sa sagesse personnelle : « Souviens-toi, dit-il à Figaro, qu'un homme sage ne se fait point d'affaire avec les grands » (V, 2). Ce cœur endurci, cynique et calculateur, semble donc avoir fondu à la douce chaleur des « bons sentiments ».

UN PERSONNAGE TRUCULENT : ANTONIO

En principe, tous les personnages qui vivent au château se trouvent sous l'autorité du Comte — y compris la Comtesse elle-même — et sont donc ses serviteurs. C'est le cas du valet Pédrille, qui apparaît au début de l'acte III. Mais, à part Figaro et Suzanne, seul Antonio, le jardinier du domaine d'Aguas-Frescas, père de Fanchette et oncle de Suzanne, joue un rôle d'une certaine importance. C'est un personnage nouveau, qui n'apparaît pas dans *Le Barbier de Séville*. Antonio est délibérément créé pour le comique de caractère ; toutefois, il y a derrière son apparente stupidité une certaine subtilité populaire.

Un caractère « entier »

D'un caractère très « entier », il avoue ses faiblesses avec une franchise désarmante et comique : « Boire sans soif et faire l'amour en tout temps, Madame ; il n'y a que ça qui nous distingue des autres bêtes » (II, 21), lance-t-il à la Comtesse qui lui reproche doucement son ivrognerie. De même, il peut occasionnellement répliquer au Comte avec un certain mordant, comme on le voit dans la scène 21 du deuxième acte : « Si vous n'avez pas assez de ça [c'est-à-dire d'intelligence] pour garder un bon domestique, je ne suis pas assez bête, moi, pour renvoyer un si bon maître ». Mais le Comte le rudoie comme ses autres serviteurs. Dans cette scène, il lui crie plusieurs fois au visage, et « le secoue avec colère » pour lui faire dire qui il a vu sauter par la fenêtre de la Comtesse.

Il est également très entier dans ses préjugés sociaux et moraux. Il se fait menaçant lorsqu'il soupçonne l'« inconduite » de Fanchette : « Dame ! je vous la redresserai comme feu sa mère, qui est morte » (IV, 5). De même, il refuse de donner « l'enfant de [sa] sœur », c'est-à-dire Suzanne, à ce fils de parents inconnus qu'est Figaro (III, 19). Dans l'acte final, il trouve « juste » (V, 13) que le Comte proclame son désir d'une vengeance publique contre sa femme, qu'il croit infidèle.

L'ÂME DAMNÉE : BAZILE

D'une pièce à l'autre, Bazile n'a pas changé, sinon de maître: d'âme damnée de Bartholo qu'il était dans *Le Barbier de Séville*, il est devenu maintenant l'âme damnée du Comte.

Un cynique

Bazile est un être cynique, qui n'a de loyauté envers personne. Bartholo, du reste, lui voue une solide rancune, considérant que Bazile, en passant au service du Comte, l'a trahi, puisque le Comte, rappelons-le, a « volé » au docteur la femme qu'il convoitait. Aux yeux de Bartholo, Bazile n'est plus qu'un « maraud » (I, 4). Suzanne ne lui cache pas son antipathie ni son mépris, et peut à bon droit le traiter d'« agent de corruption » (I, 9), faisant allusion à sa complicité avec les manigances amoureuses du Comte. Il se montre odieux et cynique avec elle: « De toutes les choses sérieuses, dit-il, le mariage [est] la plus bouffonne » (I, 9). C'est un être sans moralité, un « méchant homme » (I, 9) dont la corruption n'est neutralisée que par une profonde stupidité. Il n'est même pas loyal envers le Comte, qui le lui reproche avec une ironie sarcastique: « Honnête Bazile, agent fidèle et sûr... » (II, 17). Contrairement à son ennemi Figaro, il n'a pas le cran de tenir tête à son maître: « Ah! je n'irai pas lutter contre le pot de fer » (II, 23).

Un personnage ridicule

Mais le ridicule l'empêche de devenir complètement détestable. Il est raillé par Figaro, et même par le paysan Gripe-Soleil, qui se rit de ses talents de musicien, et de ses « guenilles d'ariettes » (IV, 10). Son inimitié pour Figaro est telle qu'il renonce à épouser Marceline dès qu'il apprend qu'elle est la mère de celui-ci: « Qu'y aurait-il de plus fâcheux que d'être cru le père d'un garnement? » (IV, 10). Marceline, en effet, avait révélé à Bartholo que Bazile l'importunait d'une « ennuyeuse passion » (I, 4). Malgré sa bêtise, il peut avoir des pointes de subtilité, où il en remontre même à Figaro, lequel doit le reconnaître: « Pas si bête, pourtant, pas si bête! » (I, 11).

UNE PAYSANNE CHARMANTE : FANCHETTE

Fille d'Antonio, et cousine de Suzanne, Fanchette est une petite paysanne charmante, qui vit comme Chérubin, à l'âge naïf et ardent de la puberté. Sa naïveté surtout la rend charmante, non seulement aux yeux de Chérubin, mais aussi du Comte. C'est à propos d'elle que le Comte s'emporte contre Chérubin et veut le chasser du château. Le précoce jeune homme s'en explique à Suzanne : « Il [le Comte] m'a trouvé hier au soir chez ta cousine Fanchette, à qui je faisais répéter son petit rôle d'innocente pour la fête de ce soir [qui doit précéder les noces de Figaro et Suzanne] : il s'est mis dans une fureur, en me voyant ! » (I, 7). Le Comte, en fait, voit dans Chérubin, et à juste titre, un rival auprès de la jolie Fanchette.

Celle-ci, même si elle est principalement attirée par Chérubin, ne semble pas pour autant terriblement effarouchée par les avances que lui fait le Comte. Sans trop s'embarrasser de scrupules moralistes, elle s'offre au Comte en échange de sa clémence pour le jeune page : « Au lieu de punir Chérubin, donnez-le-moi en mariage, et je vous aimerai à la folie » (IV, 5). Doit-on trouver cette attitude immorale ? En fait, Fanchette est plutôt amorale qu'immorale. On peut dire d'elle ce que Beaumarchais, dans sa préface, dit de Chérubin : elle est comme lui une « jeune adepte de la nature ». Autrement dit, elle suit des instincts naturels. Ce thème de l'instinct naturel occupe une place importante dans la pensée de Beaumarchais ; on peut sans nul doute y voir une influence de Jean-Jacques Rousseau, pour qui l'homme est bon à l'état de nature, et corrompu par la société.

Les autres personnages ne sont guère plus que des figurants. L'ensemble des personnages du *Mariage de Figaro* constitue un éventail assez large sur le plan social, humain et psychologique.

3 Les maîtres et les valets dans *Le Mariage de Figaro*

Les rapports entre maîtres et valets, dans *Le Mariage de Figaro*, sont fort complexes. Dans la comédie, il existe traditionnellement une certaine complicité entre le maître et son valet ; ce dernier, en particulier, aide son maître dans ses entreprises amoureuses, comme on le voit dans *Les Fourberies de Scapin* de Molière. Mais cette complicité est toujours ambiguë, du fait que leurs relations sont basées sur une fondamentale inégalité. Si le valet ne se risque pas à défier ouvertement son maître, il peut néanmoins entrer avec lui dans un conflit larvé, où rivalité, duperie et hypocrisie jouent un rôle majeur. Dans le *Dom Juan* de Molière, les relations entre le maître et son valet Sganarelle couvrent une gamme très étendue, du rapport de force brutal à la connivence ; il s'y ajoute un conflit idéologique, puisque Sganarelle s'efforce en vain de convertir son maître athée et libertin. Dans *Le Mariage de Figaro*, on trouve également une gamme très étendue. Si le Comte et Figaro ont tout perdu, ou presque, de la complicité qui les unissait dans *Le Barbier de Séville*, on retrouve cette entente complice entre la Comtesse et Suzanne. Le problème des rapports entre maîtres et valets ne se limite pas, du reste, à ces quatre personnages, puisque tout le monde, au château, est « serviteur » du Comte. Ces relations sont nuancées, du rapport de force pur et simple à la complicité.

LES RAPPORTS CONFLICTUELS

Il serait anachronique, par rapport à l'époque où la pièce a été écrite, de parler ici de « lutte des classes ». Néanmoins, le thème de l'inégalité des conditions sociales, et de l'injustice qui en résulte, constitue le centre d'intérêt. Dans ce monde inégalitaire où chaque individu est soumis à un autre, les rapports oscillent entre l'expression brute du pouvoir et la duperie, en passant par la jalousie.

L'inégalité

Les « vassaux » du Comte, autrement dit tous les habitants du domaine d'Aguas-Frescas, sont conscients de leur infériorité sociale. Le protocole, les formes de la politesse, l'habillement lui-même, tout est fait pour leur rappeler qu'ils appartiennent au peuple, et qu'un fossé les sépare de l'aristocratie. Lorsque le Comte fait appeler Figaro, il enrage si ce dernier ne vient pas à lui sur-le-champ. Lorsque le valet s'excuse de son retard en alléguant qu'il était en train de se vêtir pour sa noce, le maître ironise : « Les domestiques ici... sont plus longs à s'habiller que les maîtres ! » (III, 5).

Lorsque le Comte, toujours avec ironie, offre à Suzanne un flacon d'éther au cas où elle aurait des « vapeurs[1] », la servante a beau jeu de lui répondre : « Est-ce que les femmes de mon état ont des vapeurs, donc ? C'est un mal de condition, qu'on ne prend que dans les boudoirs » (III, 9).

Autrement dit, les femmes du peuple n'ont pas le loisir de se trouver mal, car elles sont trop actives pour songer à leurs ennuis, à la différence des femmes nobles, oisives et recluses dans leurs « boudoirs ».

Les formes du langage reflètent bien sûr cette inégalité foncière. Les valets s'adressent aux maîtres en les vouvoyant, voire en leur parlant à la troisième personne : « Est-ce là ce que Monseigneur voulait ? » (III, 7). À l'inverse, les maîtres tutoient généralement leurs valets. Ce tutoiement peut être affectueux, comme lorsque la Comtesse tutoie sa servante en l'appelant « Suzon ». Le Comte, lui, peut passer du tutoiement au vouvoiement, ou vice-versa, comme dans la scène 9 du troisième acte, où il parle avec Suzanne. Il la vou-

1. « Avoir ses vapeurs » pour une femme, c'était se sentir incommodée, voire perdre momentanément connaissance, à cause d'une émotion forte, ou de la chaleur. On leur faisait respirer de l'éther, dont l'odeur âcre les réveillait.

voie, au début, non par respect, mais parce qu'il est en colère contre elle, et veut ainsi marquer la distance. En revanche, lorsque Suzanne feint de céder à ses avances, le Comte la tutoie, pour signifier l'intimité qu'il croit déjà avoir avec elle (« Ah ! Charmante ! Et tu me le promets ? »).

Il est intéressant, en revanche, de voir que la Comtesse vouvoie toujours Figaro. On pourrait l'expliquer par le fait que cette grande dame se doit, par pudeur, de marquer la distance vis-à-vis d'un homme. Mais il est plus vrai encore que la Comtesse révèle par là qu'il existe une distance moindre entre elle et le valet de son mari, car étant une femme, elle se sent elle-même, toute comtesse qu'elle soit, dans un rapport de dépendance et de sujétion.

Le symbole le plus flagrant de l'autorité à la fois masculine et féodale est le « droit du seigneur », qui autorisait le maître à posséder une jeune femme mariée sur ses terres le soir des noces. C'est ce « droit honteux » que le Comte a théoriquement aboli, comme Figaro et Suzanne ne manquent pas de lui rappeler (I, 10).

Rivalité et soupçon

Dans cette société, les rapports entre dominants et dominés sont plus complexes qu'il n'y paraît, du fait de l'attirance érotique que peuvent ressentir les premiers pour les seconds. Ayant aboli le « droit du seigneur », le Comte se voit obligé de courtiser Suzanne pour obtenir ses faveurs. Or, dans la mentalité et le langage de l'époque, courtiser quelqu'un, ou simplement l'aimer, c'est se mettre à son service. Paradoxalement, la femme qui se sait désirée peut temporairement inverser les rôles, et, même si elle est servante, devenir « maîtresse » : telle est l'origine du sens « galant » que l'on donne parfois à ce mot. Suzanne, même si elle reste fidèle à Figaro, est très consciente du parti qu'elle peut tirer de cette comédie amoureuse. Du reste, dans la première scène de la pièce, elle demande à Figaro, à moitié par jeu : « Es-tu mon serviteur, ou non ? »

Le désir, qui ne connaît pas les barrières sociales, fait que maître et valet peuvent devenir des rivaux amoureux. Autre paradoxe : en effet, la notion de rivalité implique une certaine égalité, réelle ou supposée. Figaro, à l'instar de Crispin[2] — un autre valet de la comédie classique — peut être « rival de son maître » parce qu'il se considère, sur le plan humain, comme son égal, et sait que l'inégalité sociale est arbitraire : « Si le Ciel l'eût voulu, je serais fils d'un prince » (III, 15).

Le désir apparemment insatiable qui pousse le Comte vers les femmes de sa maisonnée (Suzanne, Fanchette) n'est peut-être qu'une expression de sa volonté de domination. Il veut « posséder » ces femmes, les enlever aux hommes de leur condition, pour mieux montrer qui est le maître. Cette interprétation se trouve du reste appuyée par le besoin qu'éprouve le Comte de vérifier sans cesse la réalité de son pouvoir. Il paraît inquiet de voir son autorité bafouée, et vit dans le soupçon à l'égard de ses valets. C'est ainsi qu'il écoute avec intérêt, depuis sa cachette, les propos de Bazile, pour s'assurer que ce dernier mérite sa confiance : « Voyons un peu comment il me sert » (I, 9).

Révolte et duperie

Le Comte a raison de s'inquiéter, puisque la révolte — symbole de la révolution — couve autour de lui. Certains valets laissent éclater leur frustration et leur colère, comme Marceline dans la grande tirade de l'acte III, scène 16. Même le servile et lâche Bazile ose s'opposer au Comte, quand ce dernier lui confie une tâche que le « maître de chant » juge indigne de lui :

> LE COMTE. — Vous résistez ?
>
> BAZILE. — Je ne suis pas entré au château pour en faire les commissions. (II, 22)

Figaro et Suzanne, plus subtils, préfèrent la ruse et la duperie à l'affrontement direct. C'est ce que Figaro appelle, d'une manière imagée, « enfiler » le Comte : « Est-il bien enfilé ? » demande-t-il à Suzanne après le stratagème de l'acte I, scène 10 (voir résumé). De

2. *Crispin, rival de son maître* est une comédie en un acte d'Alain-René Lesage représentée en 1707.

fait, tout au long de la pièce, le Comte se fera duper par Figaro, Suzanne, et finalement la Comtesse : c'est la revanche des dominés contre ce tyran domestique.

LES RAPPORTS HARMONIEUX

Toutefois, les rapports entre maîtres et valets ne sont pas uniquement conflictuels dans la pièce. Ils peuvent être marqués, soit par l'obéissance pure et simple, soit par une grande complicité.

L'obéissance

Quand le serviteur obéit au maître sans résistance, il n'y a pas de conflit. Le Comte, bien qu'il soupçonne toujours que l'on se moque de son autorité, est pourtant habitué à commander, et sait obtenir de la plupart de ses subordonnés masculins, une obéissance stricte, sur le mode militaire. C'est comme officier qu'il ordonne au jeune Chérubin de quitter le domaine pour rejoindre son régiment :

> LE COMTE insiste. — Je le veux.
> CHÉRUBIN. — J'obéis. (I, 10)

C'est sur le même ton qu'il donne ses ordres à son « piqueur » (écuyer) Pédrille (III, 1-3) ou au berger Gripe-Soleil (II, 22).

Le Comte assoit son autorité, auprès de ses valets, non seulement sur son rang nobiliaire, mais aussi sur son pouvoir économique. À plusieurs reprises, il menace des valets récalcitrants, ou lents à obéir, de les renvoyer de son service. C'est le cas pour le jardinier Antonio. Celui-ci lui répond d'ailleurs qu'il n'est pas « assez bête » pour renoncer à « un si bon maître » (II, 21). Ironie ? Peut-être pas : le paradoxe du Comte est que ses « vassaux » — du moins ceux d'entre eux qui ne vivent pas directement à son contact — semblent plutôt satisfaits de vivre sur ses terres.

La complicité

Le meilleur type de rapport qui puisse exister entre maîtres et valets, comme nous l'avons dit plus haut, est un rapport de complicité. Cette connivence, qui implique liberté de parole et confiance mutuelle, existait entre le Comte et Figaro dans *Le Barbier de Séville*. Le Comte, dans un rare moment d'émotion, regrette que cette complicité n'existe plus: «... autrefois tu me disais tout», lance-t-il à Figaro (III, 5). Évidemment, il n'admet pas que cela soit entièrement de sa faute: il est devenu trop tyrannique pour attendre amitié et confiance de son valet.

Cette relation existe, en revanche, entre la Comtesse et Suzanne. Leurs rapports sont francs, directs, totalement dénués de rivalité ou d'hostilité. Cela tient au caractère foncièrement bon des deux femmes, mais pas seulement: ce qui les rapproche, c'est aussi leur commune dépendance à l'égard d'un même despotisme, à savoir celui du Comte. Toutes deux voient la nécessité d'être solidaires pour préserver leur honneur et leur intérêt. Au-delà de cette alliance et de cette convergence d'intérêt, elles paraissent unies par une authentique affection, dont elles échangent des témoignages à plusieurs reprises: Suzanne «baise la main de sa maîtresse» (II, 26) et la Comtesse «la baise au front» (IV, 3).

Cela ne veut pas dire, pour autant, que leur différence de classe soit effacée. Au contraire, l'harmonie qui existe entre elles vient aussi du fait que Suzanne est une parfaite «camériste», qui sait très bien rester à sa place. Lorsqu'il lui arrive, exceptionnellement, de se montrer trop familière, sa maîtresse la tient à distance, en s'adressant à elle avec une politesse glacée: «Qu'est-ce que vous dites donc, mademoiselle?» (II, 3).

En conclusion, on ne peut qu'être admiratif devant ce large éventail de nuances que Beaumarchais parvient à déployer dans *Le Mariage de Figaro*, en ce qui concerne l'épineux problème des rapports entre maîtres et valets. Tout en s'inscrivant dans la grande tradition de la comédie classique, il s'éloigne des «types», et sait conférer à ces rapports une grande finesse psychologique. Derrière leurs «rôles» sociaux respectifs, maîtres et valets restent chez Beaumarchais des individus, et leurs rapports sont teintés de toute la complexité des relations humaines.

4 La dramaturgie de la pièce

Le Mariage de Figaro est-il une pièce « bien faite » ? Certainement pas d'un point de vue classique ; elle comporte beaucoup de situations à la limite du vraisemblable, même pour une comédie, notamment le « coup de théâtre » de la reconnaissance de Figaro par ses parents naturels, à l'acte III. Elle comporte aussi beaucoup de personnages, ainsi qu'une intrigue parfois excessivement complexe, où le jeu des quiproquos, des mots à double sens, des situations de trompeur/trompé donnent presque le vertige, surtout dans l'acte final. En fait, Beaumarchais donne une démonstration de virtuosité dramaturgique qui frise les limites du tolérable.

La dramaturgie du *Mariage de Figaro* sera analysé en examinant successivement ses constituants principaux : l'action, le langage, le temps, l'espace, le décor, les costumes, les objets.

L'ACTION DE LA PIÈCE

Au XVIIe siècle, surtout à partir des années 1630, était apparue en France une doctrine très stricte de l'art dramatique, qui recommandait en particulier le respect des « trois unités » d'action, de temps et de lieu. L'action d'une pièce devait avoir une forte unité : d'une part, une seule intrigue principale, et des intrigues secondaires en nombre minimum et d'autre part, toute intrigue secondaire devait se rattacher à l'intrigue principale. Racine, en particulier, poussera très loin cette unité d'action, en essayant de réduire au minimum, presque à rien, le sujet de ses pièces.

Comme l'indique le titre, c'est le motif du mariage de Figaro et de Suzanne qui fournit le point de départ et qui constitue l'unité d'action, puisque toutes les intrigues secondaires sont en fait des obstacles, au sens technique du mot, à ce mariage. On peut donc voir l'enchaînement des cinq actes comme un « parcours du combattant » hérissé d'embûches pour Figaro et Suzanne sur la voie de leur union finale. Un critique a proposé le schéma suivant de la pièce, telle qu'elle est construite autour de ce thème du mariage :

Acte I : Le mariage de Figaro autorisé (par le Comte), puis ajourné.
Acte II : Le mariage empêché (par les prétentions de Marceline).
Acte III : Le mariage possible (grâce au dénouement du procès).
Acte IV : Le mariage célébré, puis compromis (par le rendez-vous).
Acte V : Le mariage certain (grâce au dénouement final).

Quels sont les obstacles qui se dressent devant ce mariage, et qui permettent à Beaumarchais de donner tous les « rebondissements » voulus à sa pièce ? Ils sont nombreux, et de nature variée. L'argent pouvait fonctionner comme obstacle et d'une façon similaire, la nature même de la société féodale et nobiliaire, puisque Figaro et Suzanne, étant des domestiques, donc des « vassaux », doivent pour se marier obtenir la permission de leurs maîtres. Ces derniers, dans cette pièce, jouent le rôle attribué aux parents dans d'autres comédies. Dans les comédies de Molière, par exemple, les jeunes amoureux doivent d'abord obtenir le consentement des parents avant de convoler en justes noces.

Les autres obstacles s'identifient individuellement à des personnages :

Le Comte : Celui-ci est en effet l'obstacle numéro un, et le demeure jusqu'à l'acte IV, par son désir obsessionnel de posséder Suzanne.

Marceline : C'est parce qu'elle veut épouser Figaro elle-même que Marceline se dresse comme obstacle entre les deux amoureux. Toutefois, elle cesse d'être un obstacle dès le coup de théâtre de l'acte III, où elle reconnaît Figaro comme son fils. Dès lors, elle se transforme d'obstacle en alliée pour Figaro et Suzanne.

Bartholo : Le vieux docteur, au début de la pièce, assiste Marceline dans ses efforts pour obliger Figaro à l'épouser.

On sait qu'il agit par vengeance personnelle, contre Figaro, qui l'a berné dans *Le Barbier de Séville*. Lui aussi cesse d'être un obstacle après l'acte III, et va même jusqu'à prodiguer à Figaro des conseils paternels lors du dernier acte.

Antonio: Le jardinier du château, rappelons-le, est l'oncle de Suzanne, et donc son tuteur légal, du fait que sa sœur, la mère de Suzanne, est morte. Sans son consentement, point de mariage. Or, par un sens exacerbé des convenances sociales, il refuse de donner Suzanne à Figaro si ce dernier n'est point reconnu également par son père, Bartholo. Il faudra donc que Bartholo accepte d'épouser Marceline, faisant ainsi de Figaro l'enfant légitime d'un couple marié, pour qu'Antonio consente. Bartholo, pressé par Suzanne et Marceline, finit par céder implicitement, même s'il s'en défend. Il y a là un nouvel obstacle qui disparaît à la fin de cet acte III, qui est bien l'acte le plus chargé en péripéties.

LE LANGAGE DRAMATURGIQUE

Les dialogues

C'est là que se donnent libre cours la verve, l'esprit persifleur et la subtilité de Beaumarchais. Comme il arrive très souvent au théâtre, les dialogues sont des duels verbaux: ils révèlent et attisent les conflits entre les personnages. Ils sont aussi déterminés par la ruse: tel le dialogue entre le Comte et Figaro, où chacun cherche à percer les intentions secrètes de l'autre par l'insinuation et les questions piégées, à la scène 5 de l'acte III.

Type particulier de dialogue, la stichomythie, au théâtre, est un échange verbal extrêmement rapide entre deux personnages. On comprend l'effet de ce rythme rapide: la stichomythie, où les répliques de chaque interlocuteur fusent comme des balles ou des coups d'épée en direction de l'autre, accentue l'aspect de «duel verbal» qui est presque toujours latent dans le dialogue théâtral. On trouve deux stichomythies dans *Le Mariage de Figaro*, dont l'aspect antagoniste est justifié par l'inimitié entre les deux interlocuteurs. La première stichomythie est celle qui oppose Suzanne à Marceline à la scène 5 de l'acte I. Les deux femmes sont encore dressées l'une contre l'autre par la jalousie: Marceline ne sait pas encore que Figaro est son fils.

La deuxième stichomythie se trouve à la scène 10 de l'acte IV. Ici, elle n'est même plus un dialogue, mais se réduit à une véritable salve d'injures que se lancent réciproquement Figaro et Bazile. L'aspect comique de cet échange d'injures est accentué par le rythme ; et Beaumarchais prend soin d'indiquer dans les didascalies ce que les acteurs doivent faire pour réciter ce ricochet verbal :

> FIGARO, *vite* — Un musicien de guinguette !
> BAZILE, *vite* — Un postillon de gazette !
> FIGARO, *vite* — Cuistre d'oratorio !
> BAZILE, *vite* — Jockey diplomatique !

Les apartés

Ni dialogue, ni monologue, l'aparté est un pur artifice de théâtre, qui n'a aucune vraisemblance linguistique. En effet, contrairement à un romancier, un auteur dramatique ne peut pas faire connaître directement les pensées d'un personnage, si ce n'est par la parole. Lorsque l'acteur est, ou se croit, seul sur la scène, cette expression à haute voix des pensées s'appelle un monologue. Le personnage se parle à lui-même, ou plutôt il « pense tout haut ». Mais que faire lorsque le public doit, pour comprendre ce qui se passe, connaître les pensées secrètes d'un personnage qui n'est pas seul sur la scène ? Le personnage en question doit pouvoir faire connaître ses pensées au public sans que les autres personnages puissent l'entendre. C'est à ce moment que nous avons un « aparté », c'est-à-dire une petite déclaration qui est faite « à part » des autres personnages, de façon à ce qu'ils n'entendent pas. L'aparté, bien sûr, est tout à fait artificiel, et suspend un moment l'illusion théâtrale. Au cours d'un aparté, en effet, le personnage s'adresse au public dans la salle, et le comédien qui interprète le rôle se tourne généralement vers l'assistance pour indiquer qu'il s'agit d'un aparté.

Il y en a un grand nombre dans *Le Mariage de Figaro*, en particulier dans les scènes où les personnages jouent un jeu hypocrite les uns vis-à-vis des autres. Dans la scène 5 de l'acte III, par exemple, le Comte sonde discrètement Figaro pour voir si Suzanne lui a parlé des avances que lui, le Comte, lui a faites. Au bout de plusieurs répliques, où Figaro décline l'offre du Comte de venir avec lui dans son ambassade à Londres, le Comte pense que Figaro veut rester en Espagne car il craint pour sa fiancée. Le Comte, dans un aparté, nous livre sa conclusion, alors que Figaro, lui aussi en aparté, se félicite d'avoir berné son maître :

> LE COMTE, *à part* — Il veut rester. J'entends… Suzanne m'a trahi.
> FIGARO, *à part* — Je l'enfile, et le paye en sa monnaie. (III, 5)

Un grand nombre d'apartés se retrouve, comme c'est logique, dans l'acte V, qui est l'acte des quiproquos et de la tromperie.

Les monologues

On appelle « monologue » au sens strict le discours d'un personnage qui est ou se croit seul sur la scène, et qui se parle à lui-même. Aussi le monologue est-il un moyen conventionnel, pour l'auteur dramatique, de révéler aux spectateurs les pensées les plus secrètes et les plus profondes d'un personnage.

Dans *Le Mariage de Figaro* un certain nombre de monologues assez courts, constituent une petite scène tout entière. Presque tous les personnages principaux apparaissent dans ces mini-scènes monologuées. En voici la liste :

- Suzanne : I, 6 ; II, 15 ;
- La Comtesse : II, 25 ;
- Le Comte : III, 4 ; III, 8 ; III, 11 ;
- Brid'oison : III, 20 ;
- Marceline : IV, 16 ;
- Fanchette : V, 1.

On se reportera au résumé de la pièce pour le contenu et la valeur dramatique de ces monologues. En ce qui concerne le personnage principal, Figaro, Beaumarchais lui a également attribué un monologue court, à la scène 2 de l'acte I. Mais il est aussi le seul personnage de la pièce qui apparaisse au cours d'un long monologue.

Ce monologue fameux, que Figaro doit prononcer « du ton le plus sombre », selon les indications scéniques de Beaumarchais, se trouve à la scène 3 de l'acte V. C'est sans doute l'un des plus longs monologues qui existe au théâtre.

Les tirades

Intermédiaire entre dialogue et monologue, la tirade est un passage où l'un des personnages monopolise la parole au cours d'un dialogue. Dans le théâtre des XVIIe et XVIIIe siècles, la tirade est généralement un « morceau de bravoure », que l'auteur insère dans un dialogue. C'est un passage où l'auteur s'efforce de briller, et qui est destiné à frapper l'esprit du spectateur.

Beaumarchais est un virtuose dans ce genre d'exercice : *Le Barbier de Séville* contient une tirade fameuse de Bazile sur le redoutable pouvoir de la calomnie. Dans *Le Mariage de Figaro*, nous avons plusieurs tirades. Certaines ont une fonction essentiellement comique et esthétique. Beaumarchais y donne libre cours à sa verve : c'est le cas de la tirade de Figaro sur la langue anglaise (III, 5). Figaro, voulant narguer le Comte, qui lui reproche de ne pas savoir parler anglais, déclare qu'il sait dire un juron dans cette langue : *God-dam*. À grand renfort d'exemples burlesques, Figaro démontre au Comte que l'on peut tout dire en anglais avec ce seul juron.

Mais la tirade peut aussi servir de cadre à l'expression des grandes idées qui tiennent à cœur à Beaumarchais. C'est bien sûr le cas de la tirade enflammée de Marceline (III, 16), où celle-ci dénonce les injustices dont souffrent les femmes dans la société.

L'UNITÉ DE TEMPS

Selon la règle des unités, qui était appliquée au XVIIe siècle d'une manière assez stricte, l'action d'une pièce devait pouvoir se dérouler en vingt-quatre heures au maximum. Beaumarchais va respecter cette vieille règle, mais il faut que les événements se succèdent à un rythme époustouflant pour demeurer dans le cadre d'un seul jour et une seule nuit. C'est pourquoi *Le Mariage de Figaro* porte comme sous-titre « La Folle Journée ».

De fait, la progression du temps naturel est très clairement marquée au cours de ces cinq actes. Le premier acte s'ouvre au matin de cette « folle journée » où Figaro et Suzanne doivent se marier. Figaro mentionne explicitement le moment de la journée, en déclarant à Suzanne que le bouquet de fleurs qu'elle porte sur sa coiffure, emblème du mariage à venir, « est doux, le matin des noces, à l'œil amoureux d'un époux ! » (I, 1). Au début de l'acte IV, alors que l'on va enfin célébrer le mariage, après toutes les péripéties des actes II et III, Beaumarchais prend soin de préciser dans ses indications scéniques que l'on se trouve dans une galerie avec des « lustres allumés », et des candélabres : nous sommes donc le soir, la lumière du jour a décliné. Enfin, à l'ouverture du dernier acte, l'auteur précise que « le théâtre est obscur ». C'est la nuit dans le parc des marronniers, où va se dérouler la série des rendez-vous galants et des quiproquos. Il fallait bien sûr, pour la vraisemblance, que ce dernier acte se déroule pendant la nuit : autrement, comment pourrait-on admettre que le Comte ne reconnaisse pas sa femme, sous le déguisement de Suzanne ? L'obscurité de la nuit joue donc un rôle précis pour l'intrigue. Beaumarchais (qui a également, dans sa jeunesse, exercé la profession d'horloger) a réussi à faire un usage logique, dramatiquement justifiable, de la règle des vingt-quatre heures, et des phases successives de la journée.

Mais il n'y a pas que le temps des horloges ou de la nature, il y a aussi le temps subjectif, la durée, telle qu'elle est vécue par les différents personnages. Pour Figaro et Suzanne, ce qui compte, c'est l'avenir immédiat de leur mariage. Figaro est plein d'impatience. À Suzanne qui lui demande quand il cessera de lui parler d'amour du matin au soir, il répond : « Quand je pourrai te le prouver du soir jusqu'au matin » (I, 1). Aussi veut-il faire avancer l'heure du mariage, alors que le Comte, au contraire, veut le retarder, afin de se donner une chance de l'empêcher, ou d'obtenir ce qu'il désire de Suzanne. Il utilise ainsi des prétextes pour gagner du temps : « Pour que la cérémonie eût un peu plus d'éclat, je voudrais seulement qu'on la remît à tantôt » (I, 10).

L'UNITÉ DE LIEU

L'assouplissement, au XVIIIe siècle, des règles classiques sur les «unités» affectait l'espace plus que le temps: l'auteur n'était plus astreint à enfermer dans un seul «lieu» l'action de sa pièce. Pourtant, Beaumarchais va respecter une certaine unité de lieu dans *Le Mariage de Figaro*. Ce lieu, relativement unifié, c'est le château du comte Almaviva, le «château d'Aguas-Frescas, à trois lieues de Séville», comme le précise l'auteur dans la liste des personnages de sa pièce. Pourquoi cette relative unité de lieu? Deux points importants sont à mentionner:

– la proximité de Séville est une précision spatiale significative: l'action du *Barbier de Séville* se passait dans cette capitale de l'Andalousie, dans le sud de l'Espagne; en situant *Le Mariage de Figaro* dans un château qui n'est qu'à «trois lieues [autrement dit: douze kilomètres] de Séville», Beaumarchais rappelle discrètement la continuité qui existe entre *Le Barbier de Séville* et *Le Mariage de Figaro*;

– le château n'est pas un lieu neutre; il est en lui-même tout un symbole: symbole, précisément, du féodalisme, de la force imposante sur laquelle est bâtie l'autorité du Comte; même s'il a le portrait du roi accroché au mur, le Comte est vraiment «maître chez lui».

Mais si l'on peut considérer le château et ses alentours (la cour des marronniers, le jardin, le village) comme un lieu unique, il n'en est pas moins vrai que ce lieu général se subdivise en plusieurs «lieux secondaires». Chaque acte se situe dans une pièce, ou partie, du château: les deux premiers dans des chambres, les actes III et IV dans des salles d'audience publique, et le dernier est le seul qui se déroule dans les extérieurs du château, dans la cour des marronniers.

Les deux premiers actes se situent dans des chambres: le premier dans la chambre que le Comte a destinée à Figaro et Suzanne, le second dans la chambre de la Comtesse. Cette disposition n'est pas innocente: elle permet d'une part à Beaumarchais de souligner le contraste entre les conditions sociales et d'autre part, la situation spatiale de la chambre des futurs époux, à l'acte I, traduit symboliquement leur situation sociale de dépendance vis-à-vis des maîtres. Figaro, en effet, précise que cette chambre se trouve exactement entre les appartements privés du Comte et ceux de la Comtesse, ce qui à ses yeux est un avantage : « La nuit, si Madame est incommodée, elle sonnera de son côté ; zeste ! en deux pas tu es chez elle. Monseigneur veut-il quelque chose ? Il n'a qu'à tinter du sien ; crac ! en trois sauts me voilà rendu » (I, 1). Suzanne ne manque pas de relever l'inconvénient de cette disposition spatiale : « Fort bien ! Mais quand il aura tinté le matin, pour te donner quelque bonne et longue commission, zeste ! en deux pas, il est à ma porte, et crac ! en trois sauts... » (I, 1). L'espace est donc plein de pièges.

On retrouve ces « pièges » dans l'acte II, qui transporte le spectateur dans la chambre de la Comtesse. Mais, cette fois-ci, ces « espaces piégés » jouent contre le Comte : il s'agit des lieux qui permettent de se cacher ou de fuir : le cabinet, l'alcôve et la fenêtre. Suzanne se cache dans l'alcôve, puis se substitue à Chérubin dans le cabinet, alors que celui-ci saute par la fenêtre dans le jardin pour échapper à la jalousie du Comte. Ces lieux de dissimulation ou de fuite, sous-parties de cette « partie » du château qu'est la chambre de la Comtesse, permettent donc une victoire sur le pouvoir tyrannique du Comte.

Ces quelques aperçus montrent à quel point l'espace est important dans *Le Mariage de Figaro*. Il est important en tant que symbole (le château), mais aussi en tant qu'élément du jeu dramatique (par exemple, avec les cachettes de l'acte II).

LE DÉCOR

Comme l'espace, le décor est très important. Beaumarchais le prouve en prenant la peine d'indiquer d'une manière assez précise, au début de chaque acte, les éléments de décoration et de mobilier qui vont « donner le ton » de l'atmosphère de cet acte.

Le premier acte se passe dans la chambre de Figaro et de Suzanne ; or, Beaumarchais prend soin de préciser que cette chambre est « à demi démeublée ». Pourquoi ? On peut y voir deux raisons. Premièrement, cette chambre doit être une chambre nuptiale. Or, on ne doit célébrer le mariage des deux domestiques que dans la soirée : cet ameublement incomplet indique que les deux occupants de cette chambre ne sont pas encore mari et femme. L'aménagement ne saurait donc être terminé : du reste, il manque au mobilier une pièce essentielle : le lit conjugal. Figaro, au début de l'acte, est en train de mesurer le plancher, précisément pour voir où placer le lit que le Comte doit leur donner. Ce lit, symbole de l'union matrimoniale, c'est du Comte qu'ils doivent le recevoir. Ce simple détail rappelle à quel point leur mariage dépend de la bonne volonté du maître des lieux.

De plus, le dénuement de leur chambre contraste avec la richesse et le confort intime de celle de la Comtesse, à l'acte II. Beaumarchais, dans ses didascalies, précise que cette chambre à coucher est « superbe ».

Le décor de l'acte III doit traduire le caractère théâtral de la justice. Le décor de l'acte IV est organisé en fonction de la fête qui se prépare, c'est-à-dire la cérémonie qui doit précéder le mariage de Figaro et de Suzanne. Toutefois, la présence d'une « table avec une écritoire » anticipe sur un nouveau rebondissement. La Comtesse écrit le billet sur cette table qui donne au Comte un rendez-vous piégé, que l'on voit à l'acte suivant. Ce dernier acte, situé à l'extérieur du château, parmi les marronniers, comporte un décor qui est peut-être inspiré par la peinture de l'époque. La « salle des marronniers » évoque un « bois d'amour », un de ces parcs propices aux rendez-vous galants que l'on voit dans les peintures de Watteau et de Fragonard. La présence des kiosques, ou « temples de jardin », qui deviennent des temples de l'amour galant, complète ce décor évocateur des grâces rococo.

LES COSTUMES

Dans une société aussi hiérarchisée que celle que nous dépeint Beaumarchais, les costumes sont avant tout des emblèmes de fonction, de puissance ou d'impuissance dans la société. C'est ainsi que le Comte, lorsqu'il préside au « procès » de Figaro, porte l'habit de *corregidor*, qui témoigne de sa fonction et de son autorité juridique. Mais le costume, s'il peut exprimer une identité, peut aussi la voiler : le costume devient alors un travestissement (Chérubin déguisé en fille, Suzanne et la Comtesse échangeant leurs toilettes et leurs rôles) et participe du quiproquo et de la duperie.

Les costumes, dans cette pièce, ont donc deux fonctions opposées : ils expriment l'identité, surtout l'identité sociale, ou bien ils la masquent et la falsifient. Ils peuvent aussi « créer » cette identité, du moins si l'on en croit Brid'oison, pour qui l'habit officiel de juge est indispensable pour inspirer aux accusés le respect et la crainte de la justice (III, 14).

L'importance des costumes dans la pièce est soulignée par le soin que Beaumarchais lui-même met à décrire l'habit de chaque personnage dans ses *Caractères et habillements de la pièce* (voir chapitre 2, note 1, p. 35). C'est bien que l'habit est un signe du caractère. Ainsi, Beaumarchais nous indique que le Comte porte « un habit de chasse », ce qui rappelle sa condition aristocratique, car la chasse était l'un des privilèges et l'un des passe-temps favoris de la noblesse.

LES OBJETS

Les objets jouent un rôle important dans *Le Mariage de Figaro*. Ils peuvent participer du comique de situation, comme le fauteuil autour duquel tournent sans se voir le Comte et Chérubin, aux scènes 8 et 9 de l'acte I. Ils peuvent avoir une valeur de symbole rituel, comme la « toque virginale » et le bouquet de fleurs que l'on remet à Suzanne pendant la cérémonie de mariage de l'acte IV.

Beaumarchais leur assigne également une fonction purement dramatique : ainsi du « brimborion de papier » ramassé par Antonio, à la scène 21 de l'acte II. On se souvient que Chérubin, pour échapper au Comte, avait sauté par la fenêtre de la chambre de la Comtesse, tombant ainsi sur les giroflées d'Antonio, lequel, furieux, vient s'en plaindre au Comte. Figaro, pour dissiper les soupçons du Comte, prétend que c'est lui qui a sauté par la fenêtre; Antonio, alors, lui rend ce morceau de papier tombé de la poche de l'homme qu'il a vu sauter. Mais le Comte, poussé par la jalousie et soupçonnant Chérubin, «*se jette dessus*». Il faudra à Figaro un surcroît d'ingéniosité pour se tirer du mauvais pas. Ici, l'objet en question fonctionne comme une péripétie dramatique.

Mais les objets les plus importants que Beaumarchais a introduits dans sa pièce remplissent une fonction complexe: ce sont des objets qui acquièrent une valeur sensuelle, érotique, et qui sont liés aux intrigues amoureuses. Il y en a deux: l'épingle et le ruban.

L'épingle

Cet objet usuel fait bien sûr partie de l'univers domestique des femmes: instrument de couture, mais aussi élément de l'habillement féminin de l'époque. Il est ironique que Suzanne et la Comtesse, lorsqu'elles manigancent le rendez-vous galant de l'acte V, qui doit démasquer publiquement le Comte, songent à lui envoyer un message scellé par une épingle. Lors de la cérémonie du mariage (IV, 9), Suzanne remet discrètement le papier au Comte, lequel va à l'écart pour l'ouvrir et le lire. Dans son impatience, il se pique le doigt sur l'épingle qui ferme le pli: «Diantre soit des femmes, qui fourrent des épingles partout!» Le message l'invite à renvoyer le «cachet», c'est-à-dire l'épingle, comme réponse, pour indiquer qu'il accepte le rendez-vous. C'est la petite Fanchette qu'il charge de la commission. Malheureusement, celle-ci tombe sur Figaro, qui comprend la signification de cet objet: «Ta petite épingle est celle que Monseigneur t'a dit de remettre à Suzanne, et qui servait à cacheter un petit papier qu'il tenait» (IV, 14). Cette découverte va bien sûr exciter sa jalousie et ses soupçons injustes sur sa fiancée. On voit là encore un usage proprement dramatique de l'objet.

Le ruban

Le «ruban de nuit» qui sert à attacher les cheveux de la Comtesse pendant son sommeil devient un objet important, dans la pièce, pour deux personnages : Chérubin et la Comtesse elle-même. Pour Chérubin, le ruban est un talisman amoureux : voulant le posséder, il l'arrache des mains de Suzanne (I, 7). Suzanne le poursuit, essayant de le reprendre, et ceci entraîne un jeu dramatique assez comique. Ce ruban acquiert pour Chérubin une vertu presque magique : s'étant blessé au bras, il l'a utilisé pour panser sa plaie, comme si cet objet possédait un pouvoir miraculeux de guérison. Il s'en explique à la Comtesse, d'une façon embarrassée : « Quand un ruban... a serré la tête... ou touché la peau d'une personne... » (II, 9). La Comtesse ne le laisse pas achever sa pensée, car en fait elle est troublée par l'amour que lui porte cet adolescent.

En effet, après cette scène, la Comtesse s'attache à ce ruban que Chérubin avait noué autour de sa blessure. Pour elle, il devient, sinon un talisman, du moins un souvenir sentimental. Elle lui parle comme à une personne, dans un court monologue : « Ah ! le ruban ! mon joli ruban ! je ti oubliais ! [...] Tu ne me quitteras plus... tu me rappelleras la scène où ce malheureux enfant... » (II, 25). Elle non plus ne peut achever sa pensée, car le trouble l'envahit. Le ruban fonctionne donc dans la pièce comme un talisman amoureux, un lien entre la Comtesse et Chérubin. C'est un emblème très sensuel, puisqu'il a été en contact avec leurs deux corps.

Pour finir, mentionnons un autre élément de la dramaturgie complexe du *Mariage de Figaro*. Il s'agit de toutes les parties chantées et dansées de la pièce. Sans être une comédie ballet, comme *Le Bourgeois gentilhomme* et *Le Malade imaginaire* de Molière, *Le Mariage de Figaro* contient néanmoins une dimension de « spectacle » chanté et dansé assez importante. La pièce, nous l'avons vu, se termine par une série de « vaudevilles », où chaque personnage chante un couplet, avant de conclure par un « ballet général ».

5 Le comique du *Mariage de Figaro*

Le Mariage de Figaro est une « comédie ». Beaumarchais n'a pas seulement voulu stigmatiser des vices et des ridicules intemporels de la nature humaine, il a également fait le procès de la société de son temps. L'humour de sa pièce est donc souvent grinçant. On rit de la bêtise de Brid'oison, les magistrats étant à Beaumarchais ce que les médecins étaient à Molière ; mais ce personnage rappelle le pouvoir que détenaient ces juges incompétents et corrompus, pouvoir qu'ils avaient acheté comme une marchandise. Le Comte est parfois sinistre dans sa colère aveugle, et la souffrance de la Comtesse est assez réelle pour être émouvante. Comme chez le personnage de Figaro, que Marceline aime pour sa gaieté, la gaieté de la pièce révèle un univers où l'on fait « contre mauvaise fortune bon cœur », et tempère une indignation et une dénonciation qui, si elles s'exprimaient dans toute leur force, transformeraient cette comédie en « drame » au sens du XVIIIe siècle, ce genre dont Beaumarchais lui-même a été l'un des théoriciens.

Cette idée est donc fondamentale, en ce qui concerne le comique de la pièce : pour Beaumarchais, le rire est une arme. L'auteur sait à quel point le ridicule est efficace : on détruit davantage par le rire que par de grandes déclarations indignes. En ce sens, Beaumarchais reprend à son compte l'ancienne définition de la comédie : « *Castigat ridendo mores* », formule latine qui signifie : « Elle [la comédie] corrige les mœurs par le rire. »

Dans cette pièce, Beaumarchais utilise l'éventail complet du comique. On va du comique le plus populaire et le plus « gros », jusqu'à l'ironie la plus subtile et la plus fine. Au plus bas du registre, nous trouvons ce que la *commedia dell'arte* appelait ses « *lazzis* », autrement dit des « gags ». Il s'agit du comique de situation, comme on le voit, par exemple, dans la scène 8, à l'acte I, où le Comte et Chérubin tournent autour du fauteuil sans se voir. Dans les registres les plus élevés, on trouve l'« esprit » de Beaumarchais, condensé dans des répliques qui sont restées célèbres.

Trois dimensions du comique sont étudiées dans ce chapitre : le comique de situation, le comique de caractère, qui joue sur les ridicules et les contradictions psychologiques des personnages, et enfin le comique de langage. Présentés dans cet ordre, ces trois aspects du comique reflètent approximativement un ordre ascendant de sophistication dans les procédés du rire.

LE COMIQUE DE SITUATION

Les cachettes

Beaumarchais, qui avait écrit des divertissements de foire, ne craint pas de faire appel aux situations les plus conventionnelles de la comédie. C'est surtout dans l'acte I que l'on peut voir tous ces jeux comiques des personnages, en particulier dans les scènes 7, 8 et 9. Chérubin, terrifié par l'arrivée du Comte, s'est caché derrière un fauteuil. Suzanne s'approche de ce fauteuil pour dissimuler davantage Chérubin aux yeux du Comte. Mais voici qu'arrive Bazile. Le Comte, qui ne veut pas être vu, se précipite à son tour derrière le fauteuil, ce qui oblige Chérubin à tourner autour, puis à se blottir dessus. Suzanne le recouvre d'une robe de la Comtesse. À la scène suivante (9), le Comte, la voyant troublée, veut la faire asseoir sur ce fameux fauteuil. Suzanne va le faire, lorsqu'elle se retient brusquement, se souvenant du page qui s'y trouve !

C'est une situation typique de la comédie, où des personnages se dissimulent dans des cachettes inattendues. Beaumarchais l'utilise plusieurs fois dans *Le Mariage de Figaro*. Outre le fauteuil, il y a l'alcôve où se cache Suzanne (II, 13), puis le cabinet, où elle se substitue à Chérubin (II, 15).

Les coups

Il y a d'autres procédés comiques, du registre le plus populaire: en particulier les « soufflets ». On donne et on reçoit beaucoup de gifles. Figaro lui-même en reçoit de cinglantes, de la main de sa fiancée (V, 8). Mais plus comique est la gifle qui retentit sur la joue d'un personnage autre que celui à qui elle était destinée. Ce gag digne des farces les plus lourdes est exploité avec succès par Beaumarchais à la scène 7 de l'acte V, où Chérubin évite de justesse le soufflet que lui destine le Comte, dont la main atterrit sur la joue de Figaro.

Les quiproquos

Autre procédé dont les auteurs comiques ont usé et abusé : le quiproquo. Ce procédé consiste à prendre quelqu'un pour quelqu'un d'autre, ou bien quelque chose pour autre chose. L'acte V en est littéralement « truffé », au point que l'on pourrait donner comme sous-titre à cet acte « l'acte des quiproquos ». On se souvient, en effet (voir résumé de la pièce), que le Comte, lors du rendez-vous nocturne, prend sa femme pour Suzanne, alors que Figaro, pendant un court moment, est lui aussi dupe du travestissement, et prend Suzanne pour la Comtesse.

LE COMIQUE DE CARACTÈRE

Selon le philosophe grec Aristote[1], la comédie consiste en « une peinture dramatique du ridicule » (*Poétique*, 4). L'auteur de comédie doit représenter les hommes « pires » qu'ils ne sont généralement dans la réalité. Autrement dit, il doit exagérer leurs vices et leurs ridicules, pour provoquer le rire. Le rire est une réaction salutaire qui permet de mettre à distance et de neutraliser ces vices et ridicules que nous voyons sur la scène. Certains personnages semblent avoir

1. Aristote a vécu au IVe siècle av. J.-C. Élève de Platon, puis précepteur d'Alexandre le Grand, il a écrit un nombre considérable d'ouvrages parmi lesquels *La Poétique*, qui est un traité d'esthétique théâtrale. À part quelques mentions sur le comique, cet ouvrage capital est consacré à la tragédie, et il a exercé une influence immense sur l'esthétique du théâtre classique au XVIIe siècle.

été créés exclusivement pour le comique de caractère : il s'agit d'Antonio, de Bazile, de Brid'oison et de ses assistants, ou complices, judiciaires. Chez ces personnages, le comique est involontaire : ils font rire malgré eux, par leur sottise, au contraire de Figaro, qui le plus souvent fait rire par ses bons mots.

Antonio

Antonio est une caricature de la paysannerie. Beaumarchais s'amuse, et amuse les spectateurs, en montrant la distance entre la lourdeur d'esprit du personnage et ses prétentions intellectuelles et sociales. On trouve dans ses paroles des termes curieusement incongrus : « Qu'ont-ils tant à balbucifier ? » demande-t-il à Marceline en voyant les juges qui délibèrent (III, 15). Ce néologisme « balbucifier » révèle chez Antonio le désir de paraître plus éduqué qu'il ne l'est ; à moins que Beaumarchais ne suggère par cette déformation du verbe la corruption de la justice : « balbucifier » rime avec « falsifier ».

Antonio ne se rend pas compte de sa bêtise. Aussi le Comte a-t-il beau jeu d'utiliser ses prétentions ombrageuses à la respectabilité sociale comme obstacle au mariage de Figaro et Suzanne. Il sait qu'Antonio répugnera à donner sa nièce Suzanne à un fils de parents inconnus. « Dans le vaste champ de l'intrigue, peut dire le Comte à juste titre, il faut savoir tout cultiver, jusqu'à la vanité d'un sot » (III, 11).

Bazile

Il est vrai que Bazile, au palmarès de la sottise, peut lui aussi faire bonne figure. Si l'on part de l'idée que le comique de caractère se base généralement sur un écart, un contraste, on peut voir aisément que le ridicule de Bazile provient du contraste entre ses talents fort médiocres de musicien et la haute idée qu'il a de son art. Figaro le rappelle à la modestie en des termes peu amènes : « Musicien de guinguette », « Cuistre d'oratorio » (IV, 10). Dans la même scène, le paysan Gripe-Soleil, avec une franchise naïve et populaire, confirme le jugement de Figaro, en déclarant qu'il est fatigué d'entendre Bazile et ses « guenilles d'ariettes ».

Brid'oison et ses assistants

C'est encore sur un contraste qu'est bâti le comique de caractère : contraste entre l'incompétence de l'individu et la gravité de ses pouvoirs de juge.

Quant aux assistants de Brid'oison, Double-Main et l'huissier, leur ridicule est évident. Le comique de Double-Main vient de ses prétentions à l'honnêteté et de ses pratiques peu scrupuleuses. Brid'oison peut dire de lui : « Il mange à deux râteliers » (III, 13). L'huissier, enfin, est rendu comique par le ton de sa voix (Beaumarchais précise qu'il « glapit ») et par le caractère répétitif et mécanique de ses interventions. À plusieurs reprises, il s'exclame « Silence ! » au cours de l'audience, à l'acte III, d'une manière stupide et mimétique : à chaque fois, il fait écho à Double-Main, qui, lui aussi, réclame le silence. Le philosophe Henri Bergson[2], dans son essai *Le Rire*, donne du comique la définition suivante : « Du mécanique plaqué sur du vivant. » Ce personnage de l'huissier, qui se situe entre l'automate et le perroquet, répond assez bien à cette définition.

LE COMIQUE DE LANGAGE

Les jeux de mots

C'est Figaro, bien sûr, qui en est la source principale. Il excelle en jeux de mots qui utilisent des ressemblances phonétiques, comme dans cette réplique à Bazile, à la scène 10 de l'acte IV : Bazile se plaint des « calomnies » de Figaro contre ses dons de musicien, alors « qu'il n'est pas un chanteur que son talent n'ait fait briller ». Verbe que Figaro transforme immédiatement en « Brailler ».

Même Bazile peut avoir des pointes spirituelles : celui-ci met Chérubin en garde contre les risques que comporte son badinage avec Fanchette. Il va citer un proverbe : « *Tant va la cruche à l'eau...* » Figaro, agacé, l'interrompt : « Ah ! voilà notre imbécile avec ses vieux

2. Philosophe français (1895-1941), auteur de nombreux traités, dont *Le Rire*, publié en 1900.

proverbes! Hé bien! pédant, que dit la sagesse des nations? *Tant va la cruche à l'eau qu'à la fin...* » À ce moment, la fin traditionnelle de ce proverbe bien connu est attendu: «... elle se casse.» Mais Bazile, par un subtil jeu de mots plein de sous-entendus, donne une autre version: «Elle s'emplit» (I, 11). Autrement dit: à force de fréquenter le précoce Chérubin, Fanchette pourrait bien se retrouver enceinte.

Les sous-entendus grivois

La réplique de Bazile ci-dessus n'est qu'un exemple des nombreux sous-entendus grivois que l'on trouve dans la pièce. Un autre exemple: juste avant l'ouverture du procès, l'ineffable juge Brid'oison déclare qu'il a déjà «vu ce garçon-là [Figaro] quelque part». Figaro confirme et précise innocemment: «Chez Madame votre femme, à Séville [...] Un peu moins d'un an avant la naissance de Monsieur votre fils, le cadet, qui est un bien joli enfant, je m'en vante» (III, 13). Ici, le comique «gaulois» est accentué par le fait que Brid'oison, égal à lui-même, ne saisit pas l'allusion, pourtant fort claire.

Encore un autre exemple, plus raffiné celui-ci: Beaumarchais se donne beaucoup de plaisir à ridiculiser le jargon juridique dans lequel est écrite la «promesse de mariage» de Figaro à Marceline. C'est ce document, on s'en souvient, qui fait l'objet du procès de l'acte III. Lorsque Double-Main en donne lecture, il hésite sur la conjonction (grammaticale) qui unit les deux membres (de phrase). Le texte n'est pas clair, doit-on lire «ET» ou bien «OU»? Beaumarchais ne manque pas une aussi belle occasion d'insérer une allusion grivoise dans la réplique de Bartholo, qui déclare sur un ton pédant: «Je soutiens, moi, que c'est la conjonction copulative ET qui lie les membres corrélatifs de la phrase...» (III, 15). On saisit, bien sûr, toutes les connotations que prennent les termes de «copulation», «lier», «membres», dans ce contexte d'union matrimoniale.

Les mots d'esprit

Ils sont encore plus nombreux que les jeux de mots. La frontière entre jeux de mots et mots d'esprit n'est pas toujours très nette. On peut dire que l'objectif n'est pas le même. Le jeu de mots vise à faire rire, le mot d'esprit à faire sourire : c'est une formule bien trouvée, bien tournée, une « pointe », comme on disait à l'époque, qui procure un plaisir raffiné à l'intelligence du spectateur, en exprimant une pensée au moyen d'un élégant paradoxe.

C'est encore une fois Figaro qui en est la source principale, comme pour les jeux de mots. C'est à travers ce personnage, en effet, que Beaumarchais exprime toutes les idées qui furent jugées à l'époque si subversives. Le mot d'esprit, dans *Le Mariage de Figaro*, sert donc de véhicule, le plus souvent, à la critique sociale. Certaines de ces « pointes » sont restées célèbres : « Si le Ciel l'eût voulu, je serais le fils d'un prince », répond Figaro à Double-Main, qui lui demande ses « qualités » (III, 15). Figaro, à plusieurs reprises, se révolte à l'idée que les meilleures places dans la société sont réservées à ces « princes » et nobles dont le seul effort a été de « se donner la peine de naître », comme il dit plaisamment au cours de son long monologue (V, 3). L'esprit de Figaro attaque inlassablement, au cours de la pièce, l'orgueil des grands de ce monde. C'est ainsi qu'il dit à Bazile : « Es-tu un prince, pour qu'on te flagorne ? » (IV, 10).

Mais le mot d'esprit peut aussi être gratuit, et transmettre la gaieté dont Beaumarchais a voulu imprégner sa pièce. Il n'a pas pour but, malgré toutes les critiques qu'il a à formuler contre la société de son temps, d'attrister le spectateur ; au contraire. C'est bien ce que nous comprenons lorsque Figaro raconte, pendant son monologue de l'acte V, comment il a cessé son activité de vétérinaire pour devenir auteur dramatique : « Las d'attrister des bêtes malades, et pour faire un métier contraire, je me jette à corps perdu dans le théâtre » (V, 3). Quel est le contraire d'« attrister des bêtes malades » ? C'est de « réjouir des gens en bonne santé », ce qui indique assez clairement l'idée que Beaumarchais se fait du théâtre, et de la comédie en particulier. Si la comédie est bien un moyen privilégié de « corriger les mœurs », elle doit le faire « au moyen du rire ».

6 L'amour, le désir, la jalousie

L'un des principaux moteurs dramatiques de la pièce est l'attraction entre les sexes. Cette attraction comporte des modalités bien distinctes ; il y a d'une part l'amour au sens fort, c'est-à-dire un sentiment profond entre deux personnages, et qui cherche son aboutissement logique dans le mariage, et d'autre part le désir, autrement dit une attirance essentiellement physique et sensuelle, et qui ne recherche que le plaisir frivole et passager.

Le Comte, en bon « libertin », dissocie clairement les deux. Comme il le dit à sa propre femme, dans l'acte V, scène 7, croyant parler à Suzanne : « L'amour... n'est que le roman du cœur : c'est le plaisir qui en est l'histoire ». Il garde un amour respectueux et tiédi pour sa femme, mais il est obsédé par la recherche du plaisir.

Quant à la Comtesse, bien que son cœur soit resté entièrement fidèle au Comte, elle ne peut se défendre d'une tendresse ambiguë pour le jeune page Chérubin — tendresse qui se transformera en passion dans *La Mère coupable*.

Bazile, lui, veut épouser Marceline qui repousse l'« ennuyeuse passion » (I, 4) qu'il a pour elle. Toutefois, cette « passion » ne semble pas bien profonde, puisque Bazile renonce à Marceline dès qu'il apprend qu'elle est la mère de son ennemi Figaro. Chez Marceline, l'amour initial pour Figaro, qu'elle veut à tout prix épouser au détriment de Suzanne, se transforme en amour maternel dès qu'elle reconnaît en lui le fils qu'elle eut jadis de Bartholo. Par la suite, c'est plutôt le désir du mariage, de la respectabilité sociale, et la volonté de prendre une revanche sur la destinée, qui la poussent à vouloir épouser son ancien amant Bartholo, lequel cède par « attendrissement ».

L'amour populaire

Figaro et Suzanne forment le seul couple dont l'amour soit constant et heureux à travers toute la pièce, si l'on excepte les moments où une jalousie impulsive les dresse l'un contre l'autre, sur la foi d'une apparence trompeuse (voir acte III, scène 18 et acte V, scènes 1 à 7). Beaumarchais, en montrant leur amour, respecte les conventions de la comédie ; appartenant tous les deux à la classe des domestiques, ils expriment leurs sentiments sans affectation, d'une manière directe et populaire. Les contacts physiques sont un élément important de leur communication amoureuse : lors du duo d'amoureux qu'ils ont au début de l'acte IV, Figaro tient Suzanne « à bras-le-corps ». De même, il vole beaucoup de baisers à sa fiancée.

Cependant, le côté direct et bon enfant de leurs duos d'amoureux n'exclut pas un certain « badinage ». Ce terme désignait au XVIIIe siècle un dialogue amoureux entremêlé de petits mots d'esprit à la fois mièvres et sensuels. Suzanne joue ainsi le jeu de la galanterie avec Figaro, en l'appelant son « serviteur » (I, 1). Le mot est ici comique, puisque Figaro, s'il est le « serviteur », au sens galant, de Suzanne, est aussi un serviteur au sens littéral, vis-à-vis de ses maîtres. À son tour, il aime à badiner avec « Suzon », en comparant l'Amour à un aveugle guidé par un chien : « Pour cet aimable aveugle qu'on nomme Amour… » (IV, 1). L'amour ainsi personnifié, avec un A majuscule, évoque le petit dieu ailé muni d'arc et de flèches, que l'on trouvait au XVIIIe siècle, dans les décors mièvres et frivoles de la peinture rococo.

Quoi qu'il en soit, ce ton de badinage superficiel n'en cache pas moins une authentique profondeur de sentiments. Lorsque Suzanne déclare à Figaro qu'elle l'aime « beaucoup », ce dernier lui répond par une surenchère comique : « En fait d'amour, vois-tu, trop n'est pas même assez » (IV, 1). Leur jalousie l'un vis-à-vis de l'autre, loin d'empoisonner leurs relations, ne fait que confirmer la sincérité de leur amour mutuel. Lorsque Suzanne, irritée de toutes ses ruses et intrigues, lui assène une grêle de gifles à l'acte V, Figaro y voit autant de preuves d'amour: «*Santa Barbara!* oui, c'est de l'amour. Ô bonheur! [...] Frappe, ma bien-aimée, sans te lasser» (V, 8). Beaumarchais met en valeur la franchise d'un sentiment simple et populaire, qui contraste avec la corruption du cœur que l'on trouve chez le Comte, et avec l'hypocrisie générale de la société:

> ... et les serments passionnés, les menaces des mères, les protestations des buveurs, les promesses des gens en place, le dernier mot de nos marchands; cela ne finit pas. Il n'y a que mon amour pour Suzon qui soit une vérité de bon aloi. (IV, 1)

Cet amour, en définitive, est donc la «seule vérité», dans un univers d'apparences et d'artifices.

L'amour courtois

Le «couple» formé par Chérubin et sa «belle marraine» la Comtesse semble se conformer à un grand modèle littéraire qui date du Moyen Âge: il s'agit de l'amour courtois. Ce type d'amour, que l'on désignait à l'époque, en vieux français, par l'expression de *fin amor*, a été chanté par la plupart des auteurs des XIIe et XIIIe siècles.

L'amour courtois comportait toute une doctrine. Dans le couple d'amants courtois, la «dame» était placée sur un piédestal, et occupait une position supérieure. Elle devait être une «grande dame», reine ou du moins noble, alors que son amant était généralement de petite noblesse, le plus souvent un chevalier. L'amant devait «soupirer» après sa dame, mais celle-ci devait maintenir une certaine réserve, et ne se donner à lui qu'après lui avoir imposé des épreuves, et même parfois des humiliations, par lesquelles l'amant prouvait sa totale dévotion. Dans toute la littérature courtoise, l'amour de ce type est adultère: les mariages nobles étant essentiellement politiques, il y avait l'idée que la plénitude de l'amour ne pouvait être réalisée qu'en dehors du mariage.

La situation de Chérubin face à la Comtesse correspond assez bien à ce modèle. Il se sent inférieur devant la femme qu'il adore, qui est «noble et belle» et également «imposante» (I, 7). Ce sentiment reflète la hiérarchie sociale dans la pièce: en tant que «page», c'est-à-dire jeune homme de petite noblesse placé en apprentissage chez un noble de haut rang, Chérubin voit dans la Comtesse sa « suzeraine ». En outre, elle est sa marraine, ce qui ajoute à l'inégalité de leurs conditions respectives. La Comtesse le domine donc en fonction de ses trois identités de suzeraine, de marraine et de femme aimée.

La vénération qu'il lui voue est presque religieuse : il arrache le ruban de la Comtesse des mains de Suzanne. Ce ruban, du simple fait qu'il a touché le corps de la Comtesse, devient à ses yeux une sorte de relique ou de talisman. Certes, ce côté presque « mystique » n'exclut pas la sensualité, et Chérubin envie Suzanne de pouvoir, chaque soir, déshabiller sa « belle maîtresse » (I, 7).

Enfin, pour compléter la peinture médiévale de cet amour courtois, Chérubin va se conformer à un autre modèle culturel du Moyen Âge : celui du troubadour. C'est bien une sorte de troubadour, en effet, que devient le jeune page, lorsqu'il chante à la Comtesse la « romance » qu'il a composée en son honneur, à la scène 4 de l'acte II.

LE DÉSIR

La chanson de Bazile (IV, 10) est une apologie du désir, désigné par l'expression galante d'« Amour léger » :

> Cœurs sensibles, cœurs fidèles,
> Qui blâmez l'Amour léger
> Cessez vos plaintes cruelles :
> Est-ce un crime de changer ?
> Si l'Amour porte des ailes,
> N'est-ce pas pour voltiger ?

Il se manifeste surtout à travers deux personnages masculins, qui sont d'ailleurs rivaux : le Comte et Chérubin. Il est tyrannique chez le premier, et plutôt anarchique chez le second, qui, en pleine puberté, découvre l'éros avec une sorte d'affolement émerveillé, qui le pousse vers tout ce qui porte un jupon dans son entourage : Suzanne, Fanchette, et même Marceline !

La tradition galante et libertine

Le désir, chez le Comte, apparaît comme une passion d'homme

mûr, qui a déjà connu le plaisir à profusion. Pour exciter son désir, il lui faut un « piment » supplémentaire. Il trouve dans l'attitude réservée de Suzanne un stimulant qui l'attire d'autant plus : elle lui apparaît comme « la plus agaçante maîtresse » en perspective (V, 7). Il avoue même que les femmes l'attirent davantage si elles ont « un grain de caprice » (*ibid.*). Autrement dit, il aime à retrouver dans ses maîtresses un reflet de son propre caprice, trait essentiel de son caractère. Pour lui, le besoin d'érotisme ne peut pas trouver sa satisfaction à l'intérieur du mariage. Il en explique ainsi les raisons à sa femme, croyant parler à Suzanne, lors du rendez-vous de l'acte final :

> En vérité, Suzon, j'ai pensé mille fois que, si nous poursuivons ailleurs ce plaisir qui nous fuit chez elles [les épouses], c'est qu'elles n'étudient pas assez l'art de soutenir notre goût, de se renouveler à l'amour, de ranimer, pour ainsi dire, le charme de leur possession par celui de la variété. (V, 7)

On reconnaît bien la tradition galante et « libertine » du XVIIIe siècle. Beaumarchais y critique également, de façon à peine voilée, la corruption d'une aristocratie oisive et rassasiée de volupté. En effet, dans la littérature du XVIIIe siècle, on attribue souvent à l'aristocratie un goût pour un érotisme savant et raffiné, qui doit être « étudié » comme un art. L'un des principes de cet érotisme est le renouvellement constant des plaisirs, qui risquent toujours de s'affadir dans la satiété. Dans *Les Liaisons dangereuses* de Choderlos de Laclos, la marquise de Merteuil raconte à son complice le vicomte de Valmont comment elle a pu garder les sens de son amant en éveil pendant toute une nuit. On retrouve les mêmes idées dans la tirade du Comte citée plus haut.

L'enthousiasme juvénile

Chez le jeune Chérubin, au contraire, le désir n'a pas besoin de stimulants particuliers. En pleine puberté, il découvre son propre instinct sexuel avec une sorte d'enthousiasme délirant. Tout ce qui porte un jupon enflamme les sens du page, y compris Marceline. Chérubin ne s'embarrasse pas un instant de considérations morales. Le désir, pour lui, est la voix de la Nature : il n'y a donc qu'à le suivre.

Il ne laisse pas les femmes indifférentes, surtout la Comtesse et Fanchette. Suzanne, dont le cœur appartient à Figaro, ne semble pas être autant sous l'empire de son charme.

LA JALOUSIE

La jalousie et l'orgueil

En général contrepartie de l'amour, la jalousie est plutôt chez le Comte une expression de son orgueil et de son instinct de possession. Il est, comme le dit très bien Bartholo, « libertin par ennui, jaloux par vanité » (I, 4), ce que confirme la Comtesse (II, 1), en en faisant une maxime d'ordre général : « Comme tous les maris, [il est jaloux] par orgueil ! » La jalousie produit chez le Comte des réactions de brutalité. Chérubin et la Comtesse ont réellement peur de ses réactions, comme dans cette scène où il arrive à l'improviste, alors que Chérubin se trouve dans la chambre de la Comtesse, à moitié dévêtu, Suzanne lui ayant fait essayer des habits de fille : « C'est mon époux ! grands dieux ! s'écrie la Comtesse terrifiée. Vous [Chérubin] sans manteau, le col et les bras nus ! seul avec moi ! cet air de désordre, un billet reçu, sa jalousie ! » (II, 10).

Mais c'est surtout une souffrance morale qu'il cause à son épouse, qui se plaint à la fois de son indifférence et de sa jalousie : « Me suis-je unie à vous pour être éternellement dévouée à l'abandon et à la jalousie, que vous seul osez concilier ? » (II, 19). En effet, la jalousie du Comte serait moins cruelle si elle n'était que le revers d'un amour passionné. Mais ce n'est plus le cas. La Comtesse est assez lucide sur les causes de son abandon : « Ah ! dit-elle à Suzanne, je l'ai trop aimé ; je l'ai lassé de mes tendresses et fatigué de mon amour... » (II, 1). Le Comte lui-même confirme cette vue pendant le rendez-vous nocturne de l'acte V, où il dit à sa femme, croyant parler à Suzanne, qu'à force de recevoir une tendresse constante de la part du conjoint, on finit par « trouver la satiété où l'on recherchait le bonheur » (V, 7). C'est la sécurité qui tue l'amour dans le mariage : la Comtesse l'a déjà compris ; ce n'est pour elle qu'une confirmation, qu'elle obtient par la ruse des lèvres mêmes de son mari. Dès lors, on peut à bon droit se demander si elle n'a pas utilisé la jalousie de son mari comme un moyen de ranimer chez celui-ci une passion éteinte. Cette stratégie aura été efficace: elle a fait la reconquête de son mari à l'acte V.

Même chez le pacifique Figaro, la jalousie, qu'il avait pourtant définie comme «un sot enfant de l'orgueil, ou [...] la maladie d'un fou» (IV, 13), engendre une réaction brutale. Dans l'acte V, pensant être trompé par Suzanne, il se laisse emporter et brutalise le paysan Gripe-Soleil, qui le traite en retour de «damné brutal!» (V, 2). Beaumarchais a calculé ici un effet comique, puisque nous trouvons un contraste absolu entre les paroles et les actes de Figaro.

Sa jalousie le domine entièrement, et ni le raisonnement ni les bons principes ne peuvent rien contre ces éruptions volcaniques du cœur. Ayant vu ensemble, dans le parc aux marronniers, le Comte et la Comtesse (qu'il prend lui aussi pour Suzanne), Figaro résume ainsi les tourments qu'inflige la jalousie obsessionnelle: «Vous autres, époux maladroits, qui tenez des espions à gages et tournez des mois entiers autour d'un soupçon, sans l'asseoir[1], que ne m'imitez-vous? Dès le premier jour je suis ma femme, et je l'écoute; en un tour de main on est au fait: c'est charmant; plus de doutes; on sait à quoi s'en tenir» (V, 8). À la différence du Comte, la jalousie chez Figaro provient de l'amour blessé, non d'un orgueil possessif.

Les tourments de la jalousie

Les deux femmes qui manifestent clairement des réactions de jalousie sont Suzanne et Marceline. Mais les modalités de leur jalousie sont différentes, ce qui s'explique peut-être par la différence d'âge. Chez la jeune Suzanne, la jalousie se manifeste par des réactions très vives et impétueuses: à la scène 18 de l'acte III, lorsque Suzanne, en revenant avec la dot de la Comtesse, trouve Figaro et Marceline dans les bras l'un de l'autre, son sang ne fait qu'un tour, et elle veut sortir immédiatement. Elle n'a pas encore appris que

1. C'est-à-dire sans pouvoir vérifier si oui ou non ce soupçon d'adultère est fondé.

Marceline est la mère de Figaro. Ce dernier veut l'empêcher de partir pour lui expliquer, et reçoit d'elle un « soufflet », autrement dit une gifle cinglante. Suzanne, en effet, a la main leste : à l'acte V, pendant la scène des rendez-vous, Figaro fait exprès d'exciter sa jalousie en lui faisant de grandes déclarations d'amour. Lors de cette scène, Suzanne a pris les habits de la Comtesse, et croit donc que c'est à cette dernière que Figaro, trompé par le déguisement, adresse ces paroles enflammées. « La main me brûle ! » dit-elle à part (V, 8). De fait, pendant cette scène, les joues de Figaro reçoivent une véritable grêle de soufflets.

Mais la jalousie entraîne aussi une rage contre le (ou la) rival(e). Lorsque Figaro demande à sa fiancée, hors d'elle-même, de regarder Marceline, Suzanne, qui croit encore avoir affaire à sa rivale, déclare qu'elle la trouve « affreuse ». Ce qui permet à Figaro de se moquer d'elle : « Et vive la jalousie ! elle ne vous marchande pas » (III, 18). En fait, ce type de réaction, qui consiste à salir le rival, se retrouve particulièrement chez Marceline. Celle-ci déborde de paroles fielleuses à l'adresse de Suzanne, en l'accusant notamment d'être en secret la maîtresse du Comte (I, 5). Suzanne, du reste, n'ignore pas quel est le sentiment qui pousse Marceline à se déchaîner contre elle : « ... la jalousie de Madame, dit-elle d'un ton sarcastique à Marceline, est aussi connue que ses droits sur Figaro sont légers » (I, 5).

Quant à la Comtesse, qui aurait toutes les raisons d'être jalouse, peut-on dire qu'elle manifeste vraiment ce sentiment ? Chez elle, la connaissance des infidélités de son mari engendre moins de la jalousie qu'une tristesse découragée. Beaumarchais aime trop ce personnage pour montrer cette épouse aimante et fragile, « la plus vertueuse des femmes », enlaidie au moral comme au physique par les accès violents ou les tourments amers de la jalousie.

7 Une pièce féministe ?

Beaucoup de spectateurs du *Mariage de Figaro* ont été frappés par l'importance que revêt dans cette pièce le conflit entre les sexes. En outre, Beaumarchais dénonce dans plusieurs passages, par l'entremise d'un personnage féminin, les injustices qui caractérisaient à son époque la condition des femmes dans la société. Doit-on pour autant en conclure que *Le Mariage de Figaro* est une pièce féministe[1] ? Le problème est moins simple qu'il n'y paraît.

LA DÉNONCIATION DES ABUS

C'est à travers un personnage féminin, à savoir Marceline, que Beaumarchais dénonce un certain nombre d'abus qui touchent spécifiquement les femmes en cette fin de siècle. Le monologue de Marceline, à la scène 16 de l'acte III, en particulier, contient un réquisitoire très violent contre les hommes. Il est à noter que Marceline, qui est une femme instruite (et même « pédante », d'après Suzanne), parle autant selon l'esprit que selon le cœur dans ce monologue, où elle s'emporte contre une remarque désobligeante que lui fait Bartholo. Ce dernier, en effet, a l'audace de lui reprocher les égarements de sa jeunesse, alors que c'est lui-même, Bartholo, qui l'a séduite et l'a rendue fille mère. On vient juste d'apprendre, par un « coup de théâtre » assez invraisemblable, que Figaro n'est autre que cet enfant issu de la liaison de jadis entre Marceline et le docteur Bartholo. L'émotion et l'indignation sincère qui colorent ce réquisitoire de Marceline incitent les autres personnages présents sur scène (Bartholo, Brid'oison, Figaro, et même le Comte) à prendre ses

1. Le mot « féminisme » n'existait pas au XVIIIe siècle, il ne fut créé et incorporé dans la langue française qu'au siècle suivant.

paroles très au sérieux, et même à l'approuver. N'est-ce pas là une indication, de la part de Beaumarchais, qui veut que son public et ses lecteurs, également, y prêtent attention ?

Le premier abus que dénonce Marceline concerne particulièrement le cas des infortunées qui, comme elle, ont eu un enfant en dehors du mariage. Selon Marceline, la triste condition des filles mères, sur qui la société tout entière jette l'opprobre, est moins due à la faiblesse des victimes qu'à la dureté de la vie et à la perversité des hommes : « Mais dans l'âge des illusions, de l'inexpérience et des besoins, où les séducteurs nous assiègent pendant que la misère nous poignarde, que peut opposer une enfant à tant d'ennemis rassemblés ? » (III, 16).

Le deuxième abus qu'elle dénonce est d'ordre économique : les femmes non mariées, et qui pour vivre ont besoin d'un « état », c'est-à-dire d'une situation professionnelle, se voient même refuser l'accès à des métiers qui normalement reviendraient aux femmes : « Elles avaient un droit naturel à toute la parure des femmes ; on y laisse former mille ouvriers de l'autre sexe » (III, 16). En effet, à l'époque de Beaumarchais, les métiers de la couture et de l'habillement, même pour la toilette féminine, étaient en grande partie exercés par des hommes, privant donc les femmes d'un débouché professionnel « naturel ».

Enfin, et c'est le grief le plus grave, Marceline accuse les hommes d'avoir créé un système politique et social qui fonctionne exclusivement en leur faveur, et qui leur permet d'opprimer les femmes. C'est particulièrement vrai, d'après Marceline, dans le domaine juridique, où les lois sont faites par les hommes pour les hommes : « Vous [les hommes] et vos magistrats, si vains du droit de nous [les femmes] juger », lance-t-elle aux hommes présents sur scène, et en particulier au Comte. C'est bien lui, en effet, qui est visé, lorsque Marceline déclare : « Dans les rangs même plus élevés, les femmes n'obtiennent de vous [les hommes] qu'une considération dérisoire ; leurrées de respects apparents, dans une servitude réelle » (III, 16). Après les humiliations que le Comte a fait subir à sa femme pendant le deuxième acte, cette accusation prend tout son poids de vérité (voir acte II, scène 13). Cette tirade de Marceline signifie donc que les abus dont souffrent les femmes ne sont pas limités aux seules classes populaires ou à la petite bourgeoisie.

La femme, en effet, est traitée en mineure dans une société patriarcale: «traitées en mineures pour nos biens, punies en majeures pour nos fautes!» ajoute Marceline (III, 16). La Révolution de 1789 n'apportera pas tous les changements que l'on aurait pu attendre à cet état de choses. En fait, le Code civil napoléonien, en 1802, confirmera la situation de «mineure juridique» de la femme dans la société française. Les femmes font donc constamment l'expérience de «la loi du plus fort», idée que vient rappeler, à la fin de la pièce, le couplet que chante Suzanne:

> Qu'un mari sa foi trahisse,
> Il s'en vante, et chacun rit;
> Que sa femme ait un caprice,
> S'il l'accuse, on la punit.
> De cette absurde injustice
> Faut-il dire le pourquoi?
> Les plus forts ont fait la loi *(bis)*.

LA SOCIÉTÉ DU XVIIIe ET LES FEMMES

Comme le suggère le couplet de Suzanne, la société est beaucoup plus sévère pour l'inconduite de la femme que pour celle de l'homme. À part les punitions que prévoient les lois, pour certaines fautes comme l'adultère, la société dispose d'un autre moyen pour contraindre les femmes à ne pas sortir des cadres qui leur sont assignés: il s'agit de la réputation. Ce thème est cher à Beaumarchais, et il n'y a pas lieu de s'en étonner. On sait les déboires qu'il a connus pendant sa vie (voir chapitre 1). Beaumarchais a dû lutter pour rétablir sa réputation, gravement compromise à plusieurs reprises.

En effet, s'il est vrai que les dommages que pouvait causer à l'époque une mauvaise réputation concernent tous les membres de la société, ce sont tout de même les femmes qui en pâtissaient le plus. Déjà peu considérée, une femme qui n'avait ni fortune ni rang social devenait un objet de mépris total si elle perdait son unique richesse : une bonne réputation. Cela explique l'importance que revêt le mariage dans la pièce : le mariage, puis la maternité, constituaient pour la femme des havres de respectabilité, sinon de bonheur. Marceline ne manque pas de souligner l'importance vitale de la respectabilité pour une femme : « Mon sexe est ardent, mais timide, dit-elle à Bartholo ; un certain charme a beau nous attirer vers le plaisir, la femme la plus aventurée sent en elle une voix qui lui dit : Sois belle si tu peux, sage si tu veux ; mais soit considérée, il le faut » (I, 4). De même, lorsque Figaro explique à la Comtesse qu'il a, pour exciter la jalousie du Comte, fait croire à celui-ci qu'un inconnu allait chercher à voir la Comtesse pendant le bal, cette dernière se récrie, par crainte pour sa bonne réputation : « Et vous vous jouez ainsi de la vérité sur le compte d'une femme d'honneur ! » (II, 2).

Toutefois, seule parmi les femmes de la pièce, Suzanne ne semble pas aussi soumise à l'empire de la réputation. On voit Marceline, qui ne sait pas encore que Figaro est son fils, accabler sa rivale de toutes sortes d'insinuations perfides ; elle suggère notamment que Suzanne est « l'accordée secrète », c'est-à-dire la maîtresse du Comte (I, 5). Elle l'accuse donc d'avoir perdu sa respectabilité : « [Vous êtes] surtout bien respectable ! » dit-elle ironiquement à Suzanne. Ce à quoi Suzanne répond, avec non moins de perfidie : « C'est aux duègnes[2] à l'être ». En d'autres termes, ce souci de respectabilité est surtout l'excuse des « duègnes », c'est-à-dire ici des vieilles femmes au moralisme étroit, pour critiquer la conduite des jeunes. On voit donc que Suzanne garde une distance critique, et une certaine marge de liberté, par rapport à l'idée de réputation et de respectabilité.

DES PERSONNAGES SOLIDAIRES

Ce que nous avons relevé jusqu'ici ne suffirait pas à établir la présence d'une thèse féministe dans *Le Mariage de Figaro*. On pourrait

2. Ce terme d'origine espagnole désigne au sens propre les gouvernantes chargées de la surveillance et de l'instruction des enfants de condition bourgeoise ou noble. Dans *Le Barbier de Séville*, Marceline était la duègne, ou gouvernante de Rosine.

simplement admettre que Beaumarchais se borne à dénoncer les divers abus de son temps, entre autres ceux qui touchent les femmes. Mais il se trouve néanmoins une idée qui pourrait illustrer une certaine orientation «féministe» dans la pièce : il s'agit de l'idée de la solidarité féminine face aux abus masculins. Ainsi, à l'acte IV, alors que Marceline n'a plus que des sentiments maternels envers Figaro, elle change complètement d'attitude vis-à-vis de Suzanne. Celle-ci n'est plus à ses yeux une rivale, mais la future épouse de son fils, et plus encore, une autre femme, dont elle se sent solidaire : «Ah ! quand l'intérêt personnel ne nous arme pas les unes contre les autres, nous [les femmes] sommes toutes portées à soutenir notre pauvre sexe opprimé contre ce fier, ce terrible [...] et pourtant un peu nigaud de sexe masculin» (IV, 16). Certes, l'auteur précise que Marceline prononce ces derniers mots «*en riant*», ce qui donne une certaine légèreté à cette déclaration. Toutefois, l'idée générale d'un «front commun» des femmes pour résister à l'«oppression» masculine s'y trouve clairement exprimée. La solidarité féminine transparaît également dans les rapports entre Suzanne et la Comtesse. Même s'il est traditionnel, dans la comédie, qu'une certaine complicité existe entre maîtres et valets, les rapports entre la Comtesse et sa «camériste[3]» sont marqués par une solidarité entre femmes, qui transcende la différence de condition sociale. Lorsque Suzanne demande à sa maîtresse pourquoi le Comte, si mauvais mari, se permet d'être jaloux et soupçonneux vis-à-vis de sa femme, la Comtesse lui répond : «Comme tous les maris, ma chère ! uniquement par orgueil» (II, 1). Le ton qu'utilise la Comtesse Almaviva est davantage le ton que l'on emploie pour parler à une amie, traitée en égale, que celui d'une supérieure qui garderait ses distances vis-à-vis d'une servante. Le fait de partager les mêmes soucis rapproche donc les femmes de condition sociale différente.

Faut-il conclure au féminisme de Beaumarchais ? Avec des réserves. S'il condamne à plusieurs reprises les injustices juridiques

3. C'est-à-dire femme de chambre (du latin *camera*, chambre). C'est le terme utilisé dans la pièce.

et économiques que doivent subir les femmes, il ne semble pas qu'il rejette explicitement certaines idées reçues qui servent souvent de justification pour des attitudes misogynes.

LES FEMMES, CRÉATURES PASSIONNELLES

Parmi ces idées toutes faites, se trouve la théorie selon laquelle les femmes, contrairement aux hommes, sont incapables de raisonner logiquement et froidement ; elles sont passionnelles, sentimentales, livrées à la violence de leurs impulsions. Ainsi, Bartholo se moque des éclats que la rivalité amoureuse suscite entre Suzanne et Marceline. Lorsque cette dernière déclare qu'elle projette d'épouser Figaro, Suzanne se moque d'elle, feignant l'incrédulité : « L'épouser ! l'épouser ! Qui donc ? Mon Figaro ? » Ce à quoi Marceline rétorque, avec un curieux sens de la logique : « Pourquoi non ? Vous l'épousez bien ! » Bartholo, dès lors, a beau jeu de railler cette émotivité féminine : « Le bon argument de femme en colère ! » (I, 5). De même, lorsque Marceline met en garde Figaro contre les emportements de la jalousie, ce dernier répond avec une certaine condescendance : « Vous connaissez mal votre fils, de le croire ébranlé par ces impulsions féminines » (IV, 13).

LA RUSE DES FEMMES

Plus lourde encore de conséquences est l'idée de la femme comme être rusé, sournois et dissimulateur. Cette idée a des origines très anciennes dans la culture européenne : c'est Ève qui a incité Adam à manger le fruit défendu. Cette vision de la femme est illustrée à travers toute la pièce. Durant les scènes de l'acte II où le Comte, fou de jalousie, brise la porte du cabinet dans la chambre de la Comtesse, et n'y trouve que Suzanne, qui s'est substituée *in extremis* à Chérubin (voir résumé de la pièce), il se trouve fort embarrassé, et croit avoir soupçonné sa femme à tort. Mais alors, demande-t-il, pourquoi la Comtesse faisait-elle tant de difficultés pour lui laisser voir qui se trouvait dans le cabinet ? À ce moment, d'un accord tacite, Suzanne et la Comtesse lui font croire que c'était une comédie, qu'elles jouaient ensemble pour punir le Comte de sa tyrannie. Alors, le Comte se répand en excuses, et pour faire bonne figure, s'émerveille devant les talents de comédienne de son épouse: « C'est vous, c'est vous, Madame, que le roi devrait envoyer en ambassade à Londres ! Il faut que votre sexe ait fait une étude bien réfléchie de l'art de se composer pour réussir à ce point ! » (II, 19). Certes, rien ne prouve que de tels propos traduisent la pensée de Beaumarchais lui-même. Néanmoins, il est frappant de retrouver cette idée de la perversité féminine dans la bouche de Figaro, qui d'habitude sert de porte-parole à son auteur : « Ô femme ! femme ! femme ! s'exclame Figaro dans le monologue de l'acte V, scène 3, créature faible et décevante !... nul animal créé ne peut manquer à son instinct ; le tien est-il donc de tromper ? »

Peut-être Beaumarchais, dans cette tirade, sacrifie-t-il à une certaine tradition littéraire, où l'invective contre les femmes était un lieu commun, un cliché. À moins qu'il n'insiste sur les défauts qu'il impute aux femmes que pour mieux faire ressortir, par contraste, leurs qualités, méprisées ou ignorées. Après tout, ne fait-il pas dire à Figaro, dans le même monologue, que « sans la liberté de blâmer, il n'est point d'éloge flatteur[4] » ? Quoi qu'il en soit, on voit qu'une certaine prudence s'impose, et l'on comprendra que le titre de ce chapitre comporte un point d'interrogation.

---

4. C'est cette réplique que le quotidien national *Le Figaro* a prise pour devise, laquelle est censée expliquer le choix du nom de Figaro pour le journal.

8 Une pièce révolutionnaire ?

Le Mariage de Figaro porte quelques signes avant-coureur de la Révolution de 1789, qui mit fin aux privilèges de la naissance et au pouvoir de l'aristocratie. Napoléon lui-même voyait dans la pièce de Beaumarchais « la Révolution en action ». Cependant, le caractère « révolutionnaire » de la pièce, comme sa dimension féministe, ne saurait être affirmé catégoriquement et sans nuances. Il est vrai que Beaumarchais était en lutte contre les abus de son temps. Il avait contribué à la Révolution américaine, en faisant parvenir des fusils aux *insurgents* en révolte contre la Couronne anglaise. Mais Beaumarchais était aussi un agent de Louis XV, puis de Louis XVI (voir chapitre 1). Le cas de l'auteur du *Mariage de Figaro* est donc complexe. Le texte lui-même permet d'évaluer la portée révolutionnaire de cette œuvre, en fonction de son contenu idéologique.

Beaumarchais connut toutes les difficultés pour faire jouer sa pièce, qui fut considérée en ces années pré-révolutionnaires comme une œuvre extrêmement subversive. Louis XVI, qui employait pourtant Beaumarchais comme agent secret, avait jugé cette pièce « exécrable et injouable ». Dans le film *Amadeus*, de Milos Forman, le beau-frère de Louis XVI, l'empereur d'Autriche Joseph II, en avait interdit la représentation dans son pays, et il fallut à Mozart toute sa force persuasive pour lui arracher l'autorisation d'adapter la pièce de Beaumarchais pour son opéra *Le Nozze di Figaro*. Pourtant, certains critiques, comme Jacques Vier[1], estiment que Beaumarchais n'était ni libéral, ni républicain. Il se situait plutôt dans la tradition des philo-

1. Dans *Le Mariage de Figaro, miroir d'un siècle, portrait d'un homme,* Archives des Lettres modernes, 6, 1957.

sophes des Lumières, lesquels, à part Rousseau, souhaitaient plus une réforme intérieure du régime monarchique que sa suppression pure et simple et son remplacement par la démocratie. Certes, Beaumarchais avait des sympathies républicaines, puisqu'il fournit des fusils aux insurgés d'Amérique, mais ne le fit-il pas avec l'accord du roi lui-même? En fait, bien qu'il exprime dans *Le Mariage de Figaro* une indignation sincère contre les abus de son temps, Beaumarchais est aussi poussé par un désir de revanche inspiré par ses mésaventures personnelles, notamment avec de grands seigneurs, comme le comte de la Blache (voir chapitre 1).

LA TYRANNIE ET L'ARBITRAIRE DU POUVOIR

Le Comte représente la tyrannie et l'arbitraire du pouvoir aristocratique. Que ce soit dans ses rapports avec les femmes ou dans ses accès de colère, il gouverne selon l'arbitraire le plus complet, du simple fait qu'il n'écoute que son caprice: «vous commandez à tout ici, hors à vous-même», lui déclare Figaro (V, 12).

Il dispose d'un pouvoir redoutable, qui lui permet de disposer de la liberté des autres personnages. Il peut chasser Chérubin de son château et l'envoyer dans son armée, à Séville; il menace même son épouse, de façon à peine voilée, de la faire enfermer dans un couvent. Enfin, il dispose du pouvoir juridique suprême.

Mais l'arbitraire du pouvoir féodal ne se résume pas à la seule personne du Comte. Dans son long monologue de l'acte V, Figaro attaque directement la société de l'Ancien Régime, et certaines de ses pratiques. Pour avoir écrit un ouvrage sur l'économie que le gouvernement a jugé subversif, Figaro se retrouve dans une prison qui ressemble fort à la Bastille[2]: «sitôt je vois, du fond d'un fiacre, bais-

---

2. Il existe, en fait, une version primitive de la comédie, où l'action se situait en France. Dans cette première version, le monologue de Figaro mentionnait explicitement la Bastille.

ser pour moi le pont d'un château fort, à l'entrée duquel je laissai l'espérance et la liberté » (V, 3). Il y a là une allusion très directe à l'un des abus de l'Ancien Régime qui sera attaqué dès le début de la Révolution française : les « lettres de cachet ».

Au temps de la monarchie absolue, le roi, ou l'un de ses ministres, pouvait faire enfermer n'importe qui dans une prison d'État, en rédigeant simplement une « lettre de cachet ». La lettre de cachet ne mentionnait généralement pas le motif de l'arrestation, ni ne précisait la durée de l'emprisonnement. C'est pourquoi Figaro laisse à la porte du château fort « l'espérance et la liberté », ne sachant pas quand il en sortira, ni même s'il en sortira. Beaumarchais, dans ce passage, se souvient d'une mésaventure personnelle : il a lui-même été emprisonné pendant quelques jours dans une prison d'état, sur une « lettre de cachet » de Louis XVI, qui fut pourtant un roi assez débonnaire.

Cette pratique des incarcérations sommaires était une violation d'un principe juridique très important, qui sera affirmée en 1789 dans la « Déclaration des droits de l'homme et du citoyen ». Il s'agit de ce qu'on appelle en latin *habeas corpus* : ce sont les garanties juridiques que possède l'individu dans un État fondé sur le droit. Grâce à ces garanties, toute personne est assurée de ne pouvoir être mise en prison sans avoir été jugée.

L'INTOLÉRANCE ET LA CENSURE

L'intolérance du pouvoir est une conséquence directe de son arbitraire. En tant qu'écrivain, Beaumarchais a eu l'occasion d'expérimenter l'intolérance de l'Ancien Régime, à travers la censure. La censure, même si elle s'était beaucoup relâchée sous Louis XVI, était néanmoins l'intolérance érigée en institution gouvernementale. Beaumarchais, avant de pouvoir faire jouer sa pièce, s'est heurté à des obstacles considérables : plusieurs censeurs royaux l'ont déclarée inacceptable, sauf à y pratiquer d'importantes retouches. Louis XVI lui-même s'était fait lire la pièce en privé, et avait déclaré qu'elle était injouable, à moins que l'on rase la Bastille. Il ne savait pas à quel point cette parole était prophétique !

Au XVIIIe siècle, il y a déjà une longue tradition d'écrivains qui ont dû affronter la censure gouvernementale. L'exemple le plus fameux est sans doute l'*Encyclopédie*, ce projet collectif dirigé par le philosophe Diderot, et qui constitue une véritable somme des idées des Lumières dans tous les domaines. Beaumarchais lui aussi a accompli un travail comparable, en faisant éditer les Œuvres complètes de Voltaire, de 1780 à 1791. À cause de la censure, cette édition a dû être menée à bien en Allemagne.

Le monologue de Figaro porte la trace de cette hostilité de l'auteur à la censure. Figaro en a été victime, et a été jeté en prison à cause d'un livre jugé subversif. Très habilement, Beaumarchais choisit le défi et l'humour pour attaquer l'institution de la censure. Il savait que sa pièce, si elle était jouée, s'adresserait à un public d'aristocrates, dont certains étaient favorables à une politique plus libérale. Au lieu de mettre dans la bouche de Figaro une grande déclaration indignée, il lance à son public un défi élégant et chevaleresque, en l'invitant à se placer au-dessus des critiques :

> Je lui dirais… [à l'un de ces censeurs qui ont ordonné son arrestation] que les sottises imprimées n'ont d'importance qu'aux lieux où l'on en gêne le cours ; que, sans la liberté de blâmer, il n'est point d'éloge flatteur ; et qu'il n'y a que les petits hommes qui redoutent les petits écrits. (V, 3)

L'argument est habile : soyez grands, soyez généreux, méprisez les publications subversives, et abolissez la censure ; c'est le meilleur moyen de neutraliser, ou de désamorcer, la fermentation des idées nouvelles. C'est un remarquable plaidoyer en faveur de la liberté d'expression ; mais les arguments sont-ils vraiment d'un révolutionnaire ?

RÉVOLUTION OU ÉVOLUTION ?

L'exemple ci-dessus permet de mesurer d'une manière nuancée le caractère « révolutionnaire » du *Mariage de Figaro*. Il est vrai que Beaumarchais déclare dans sa Préface qu'il a voulu stigmatiser dans sa pièce « une foule d'abus qui désolent la société ». Mais voulait-il changer de fond en comble la structure de cette société ? Ou bien simplement améliorer le système, en le débarrassant de ses abus ? Il est difficile de dire si Beaumarchais, en son for intérieur, souhaitait la révolution ou l'évolution, la rupture radicale ou la transformation en douceur.

Pourquoi, dans ce cas, la pièce a-t-elle été jugée si subversive, et a-t-elle été vue dès sa parution comme l'un des symptômes de l'agonie de l'Ancien Régime ? Principalement à cause du rôle de « meneur du peuple » qu'y joue Figaro.

FIGARO, MENEUR DU PEUPLE

En effet, celui-ci sait admirablement utiliser la foule des paysans du château à des fins stratégiques, pour faire pression sur le Comte, afin que celui-ci abolisse solennellement les abus qui déshonorent son autorité. En l'occurrence, il s'agit du « droit du seigneur ». Mais, symboliquement, on peut y voir n'importe lequel des abus de l'Ancien Régime. Beaumarchais risquait donc de suggérer au grand public une idée très dangereuse pour le pouvoir en place : l'idée que le peuple, par le seul poids du nombre, peut exercer sur la minorité au pouvoir une pression suffisante pour que sa situation s'améliore.

Cette qualité de « meneur » apparaît dans la scène 10 de l'acte I, mais plus encore dans le dernier acte, où Figaro, poussé par la jalousie, apparaît plein d'une détermination farouche ; « Eh ! quels noirs apprêts fais-tu donc ? » lui demande son père Bartholo, qui ajoute : « Il a l'air d'un conspirateur ! » (V, 2). De fait, Figaro conspire pour confondre publiquement le Comte, qu'il croit sur le point de devenir l'amant de Suzanne. Toute prudence l'a quitté. Maintenant, il incarne la ferme résolution des opprimés qui se dressent contre la tyrannie : Bartholo a beau le mettre en garde contre la vengeance du Comte, il répond fièrement : « L'homme qu'on sait timide est dans la dépendance de tous les fripons » (V, 2).

Est-il exagéré de lire ces répliques comme une incitation au peuple à se révolter ? Il y a, dans les indications scéniques que donne Beaumarchais pour cette même scène (V, 2), un vocabulaire assez révélateur : Figaro, Bazile, Antonio, Bartholo et Gripe-Soleil sont accompagnés par une « troupe de valets et de travailleurs ». « Troupe » : le mot évoque la guerre, la lutte organisée et disciplinée. « Travailleurs » : le mot est lourd de connotations. Il évoque l'injustice qui sera l'étincelle de la Révolution, à savoir le fait que les nobles oisifs étaient exemptés d'impôts[3], alors que le peuple, qui les nourrissait par son travail, était écrasé de taxes.

Toutefois l'on peut penser que Beaumarchais ne croyait pas à l'efficacité de la violence, pour changer la société. La fin de la pièce, et en particulier le couplet final que chante Figaro, exprime plutôt une foi dans le pouvoir de l'esprit et des idées :

Par le sort de la naissance,
L'un est roi, l'autre est berger ;
Le hasard fit leur distance ;
L'esprit seul peut tout changer.
De vingt rois que l'on encense,
Le trépas brise l'autel ;
Et Voltaire est immortel *(bis)*.

La référence à Voltaire est importante. D'une part, Beaumarchais affirme sa foi dans le pouvoir de la satire et de l'ironie, dont Voltaire a été le maître, pour lutter contre les abus. C'est donc l'espoir que l'esprit et la raison triompheront sur le « hasard » de la naissance, qui gère la société de l'Ancien Régime. D'autre part, ce couplet reprend un thème que Beaumarchais a exploité tout au long de la pièce, à travers Figaro. C'est l'idée du mérite, qui est opposé à la noblesse de la naissance. Malgré la distance que le sort a placée entre le roi et le berger, l'esprit et le mérite personnel de ce dernier peuvent l'emporter à la longue sur les privilèges de naissance du roi. De même, par son mérite d'homme de Lettres, Voltaire peut prétendre à une gloire bien plus durable que celle de grands personnages qui n'ont fait que se donner « la peine de naître », comme le Comte (V, 3).

---

3. La noblesse d'épée, caste militaire à l'origine, prétendait payer « l'impôt du sang », c'est-à-dire contribuer au bien commun par ses fonctions guerrières, pour la défense du royaume. En fait, cet argument, qui visait à justifier l'exemption d'impôts, était devenu anachronique à la fin de l'Ancien Régime. Beaucoup de nobles offraient le spectacle d'une oisiveté qui faisait d'eux des parasites sociaux.

TROISIÈME PARTIE

Quatre lectures méthodiques

Texte 1 | Acte I, scène 10

LE COMTE, *plus embarrassé.* — Tu te moques, ami! L'abolition d'un droit honteux n'est que l'acquit d'une dette envers l'honnêteté. Un Espagnol peut vouloir conquérir la beauté par des soins; mais en exiger le premier, le plus doux emploi, comme une servile redevance, ah! c'est la tyrannie d'un Vandale, et non le droit avoué d'un noble Castillan.

FIGARO, *tenant Suzanne par la main.* — Permettez donc que cette jeune créature, de qui votre sagesse a préservé l'honneur, reçoive de votre main, publiquement, la toque virginale, ornée de plumes et de rubans blancs, symbole de la pureté de vos intentions: adoptez-en la cérémonie pour tous les mariages, et qu'un quatrain chanté en chœur rappelle à jamais le souvenir…

LE COMTE, *embarrassé.* — Si je ne savais pas qu'amoureux, poète et musicien sont trois titres d'indulgence pour toutes les folies…

FIGARO. — Joignez-vous à moi, mes amis!

TOUS ENSEMBLE. — Monseigneur! Monseigneur!

SUZANNE, *au comte.* — Pourquoi fuir un éloge que vous méritez si bien?

LE COMTE, *à part.* — La perfide!

FIGARO. — Regardez-la donc, Monseigneur. Jamais plus jolie fiancée ne montrera mieux la grandeur de votre sacrifice.

SUZANNE. — Laisse là ma figure, et ne vantons que sa vertu.

LE COMTE, *à part.* — C'est un jeu que tout ceci.

LA COMTESSE. — Je me joins à eux, monsieur le Comte; et cette cérémonie me sera toujours chère, puisqu'elle doit son motif à l'amour charmant que vous aviez pour moi.

LE COMTE. — Que j'ai toujours, Madame; et c'est à ce titre

que je me rends.

TOUS ENSEMBLE. — Vivat!

LE COMTE, *à part.* — Je suis pris. (*Haut.*) Pour que la cérémonie eût un peu plus d'éclat, je voudrais seulement qu'on la remît à tantôt. (*À part.*) Faisons vite chercher Marceline.

INTRODUCTION

Situer le passage

Le Comte tombe dans un véritable traquenard. Il se débat mais en vain. Figaro, Suzanne et la Comtesse conspirent pour l'obliger à remettre à Suzanne la toque virginale avant son mariage, sous le regard de tous ses « vassaux », c'est-à-dire les paysans et les valets qui travaillent sous son autorité féodale. Par ce geste solennel, en effet, le Comte s'engagerait, devant de nombreux témoins, à renoncer définitivement au fameux « droit de cuissage[1] » hérité des temps médiévaux. Figaro et Suzanne veulent ainsi protéger leur couple de la convoitise de leur maître. La Comtesse, quant à elle, espère ainsi forcer son époux à rentrer dans le droit chemin. En définitive, le Comte, forcé de se plier en public au stratagème de Figaro, décide d'empêcher le mariage de Suzanne et de ce dernier, en l'obligeant à épouser Marceline.

Dégager des axes de lecture

Ce passage montre toute l'habileté de Figaro, qui, avec ses alliés, parvient à prendre le Comte au piège, du moins provisoirement. On voit aussi toute la virtuosité dramaturgique de Beaumarchais lui-même, qui utilise les sous-entendus et les apartés pour montrer qu'aucun des personnages principaux n'est dupe : chacun, ici porte un masque, et ces dialogues sont un véritable jeu d'escrime. Figaro et ses alliés, Suzanne et la Comtesse utilisent différentes armes, pour enfermer le Comte dans son personnage de souverain éclairé, l'obli-

1. Droit pour le seigneur féodal d'avoir un rapport sexuel avec toute jeune femme mariée sur ses terres.

geant ainsi à renoncer au droit de cuissage. Le Comte, qui, après avoir tenté en vain de s'extirper du piège, utilise une autre stratégie.

LA CONSPIRATION CONTRE LE COMTE

Comment lutter contre un grand seigneur, quand on n'est qu'un simple valet ? Par la ruse : telle est l'arme favorite de Figaro, qui affirme avoir plus d'ingéniosité qu'il n'en faut « pour gouverner toutes les Espagnes » (V, 3). L'habile valet connaît les failles de son maître : il sait notamment que celui-ci, pour être abusif et arbitraire, n'en veut pas moins apparaître juste et honnête aux yeux de ses gens. Figaro, aidé de Suzanne et de la Comtesse, utilise la foule des « vassaux » pour obliger son seigneur à se conformer à l'image publique qu'il veut donner de lui-même.

L'usage de la flatterie

Figaro utilise l'arme de la flatterie, en honneur à l'époque dans les milieux courtisans. Certes, il ne sous-estime pas le Comte : il sait bien que ce dernier n'est pas dupe de ses compliments aussi vains qu'exagérés. Mais devant ses vassaux, le maître féodal ne peut contredire l'image flatteuse que l'on présente de lui, d'autant qu'il avait promis d'abolir le droit du seigneur. Figaro insiste donc lourdement sur la « sagesse » du Comte et sur la « pureté de [ses] intentions ». Suzanne lui prête main-forte : à son tour, elle vante hypocritement la « vertu » de celui qui vient d'essayer de la séduire. La Comtesse, enfin, célèbre avec autant d'ironie la fidélité de son mari. Mais, elle est la seule à laisser percer son ironie, par le temps du verbe qu'elle utilise, quand elle évoque devant le Comte « l'amour charmant qu'[il] av [ait) pour [elle] ». Ce dernier, du reste, sent bien la pique, et rectifie aussitôt, en mettant le verbe avoir au présent.

Bon seigneur et bon mari : les conspirateurs composent un portrait du Comte qui, évidemment, correspond à l'image qu'il veut donner, mais qui, de fait, constitue un véritable contre-portrait, un reflet inversé de sa vraie nature. Beaumarchais, par la négative, montre donc son personnage féodal comme ce qu'il est, c'est-à-dire menteur, cupide, arbitraire et volage.

L'usage de la foule et des symboles

Figaro, en bon « meneur du peuple », sait utiliser ce dernier — représenté ici par les « vassaux » réunis — pour faire pression sur le Comte. Lorsque ce dernier commence une tirade embarrassée pour tenter de se tirer d'affaires, le valet n'hésite pas à lui couper la parole, pour faire appel à la foule : « Joignez-vous à moi, mes amis ! » Ce stratagème fonctionne si bien que la deuxième intervention de la foule (« Vivat ! ») est spontanée : Figaro n'a même plus besoin de les solliciter. Complices inconscients et involontaires du rusé valet, les vassaux, croyant rendre hommage à un maître juste et sincère, accablent en fait un fourbe pris au piège.

Si Figaro montre qu'il connaît le pouvoir des mots, il ne néglige pas pour autant celui des symboles. Au début de la scène, il est précisé qu'il tient à la main « une toque de femme, garnie de plumes blanches et de rubans blancs ». C'est cette « toque virginale » qu'il demande au Comte d'offrir en public à Suzanne, au début de ce passage. Par ce geste symbolique, le Comte renoncera solennellement à toute prétention présente et future sur ses servantes. Pourquoi ce rite, alors que le Comte a déjà renoncé verbalement à son « droit » ? Nul n'ignore quel poids peuvent avoir, dans la vie d'une collectivité, les rites et les symboles : ceux-ci ne remplacent pas les mots, mais en accroissent la portée. Ils constituent un autre langage, peut-être plus puissant et plus direct. Le blanc, symbole de pureté, est judicieusement choisi dans ce contexte. Il est également significatif que Figaro « [tienne] Suzanne par la main ». Ce geste est lui aussi symbolique, préfigurant en quelque sorte leur mariage : le valet montre au Comte, sans en avoir l'air, que Suzanne lui appartient.

L'ironie

La comtesse laissait transparaître son ironie devant son époux. D'une façon moins explicite, Figaro et Suzanne se jouent aussi du

Comte et le lui font sentir. La servante utilise, comme Figaro, l'hyperbole, figure de l'exagération : quand elle évoque devant son séducteur « un éloge qu'[il] mérit[e] si bien », elle remue le couteau dans la plaie, et lui rappelle subtilement qu'elle le tient à sa merci, car elle connaît la vérité, et pourrait la révéler, ternissant ainsi l'image publique qu'il tient à préserver.

Figaro, de son côté, se montre plus acerbe encore. Se sentant victorieux, il jubile et accable son adversaire. En insistant sur les charmes de Suzanne, qui soi-disant révèlent la « grandeur » du « sacrifice » (l. 23) que le Comte a consenti, il fait sentir à ce dernier, en réalité, tout le poids de sa défaite, et la valeur de ce qu'il a perdu.

LE COMTE PRIS AU PIÈGE

On se représente aisément les sentiments qui agitent le Comte dans cet extrait. Furieux mais impuissant, il se débat d'abord, maladroitement, puis semble accepter sa défaite et « se rendre » : ce sont les termes qu'il utilise en répondant à son épouse. Mais un personnage aussi orgueilleux et passionnel ne peut s'avouer vaincu si vite. Dans un dernier sursaut, à la fin de l'extrait, il reprend l'initiative en élaborant un autre plan.

La comédie du despote éclairé

Figaro le sait : il n'est personnage si puissant qui n'ait sa faiblesse, et c'est par ce point faible qu'on peut le manipuler. Si le Comte se comportait publiquement en brute tyrannique, sans aucun souci de son image, la stratégie que mène ici le valet serait totalement inefficace. Mais ce n'est pas le cas : nous sommes au XVIIIe siècle, et le Comte veut apparaître comme ce que les philosophes Voltaire et Diderot appelaient un « despote éclairé ». On le voit aussi très nettement dans la scène du procès, à l'acte III, où le Comte, dans sa fonction de juge suprême, veut se présenter comme le garant du droit. Dans la théorie du « despotisme éclairé », le chef politique use de la force pour faire respecter, non sa volonté propre et son caprice, mais la volonté générale et la morale publique. C'est pourquoi le Comte refuse tout éloge pour avoir aboli « un droit honteux ». Accepter d'être glorifié pour cela reviendrait à admettre qu'un « noble Castillan » ne vaut guère mieux qu'un « Vandale[2] » d'autrefois (l. 6).

La comédie du chevalier galant

Outre l'image d'un despote éclairé, le comte veut donner de lui-même l'image d'un noble galant et chevaleresque : c'est l'autre aspect, plus souriant, de la culture aristocratique sous l'Ancien Régime. Un homme de la noblesse n'est pas toujours cantonné dans ses fonctions sérieuses de guerrier, de juge ou d'administrateur : c'est aussi un homme du monde, qui aime les femmes et les plaisirs. Le Comte entend bien se conformer à cette image, mais sans pour autant encourir le reproche d'être un vil séducteur. Dans sa première réplique, il affirme qu'il est légitime de « vouloir conquérir la beauté par des soins » c'est-à-dire en usant des moyens honnêtes et raffinés de la séduction : charme, esprit, galanterie vis-à-vis des femmes. Mais il sent que ce plaidoyer en faveur de la galanterie risque d'attirer sur lui des soupçons. C'est pourquoi il « neutralise » cette image galante et la rend inoffensive, à la fin de l'extrait, en l'enfermant dans le cadre strict du mariage. La protestation d'amour qu'il fait publiquement à la Comtesse (l. 31, 32) préserve à la fois son image de chevalier galant et de bon époux : il jouit ainsi, aux yeux de ses vassaux, du double prestige de la galanterie et de la moralité.

Pris au piège, mais pas dupe

Le Comte mérite bien des reproches, mais pas celui d'être un sot. S'il l'était, Figaro aurait moins de mérite à le piéger, et son intelligence d'homme du peuple serait beaucoup moins mise en valeur. Dupe, le Comte ne l'est à aucun moment. Dès le début de l'extrait, quand il s'exclame : « Tu te moques, ami ! », la formule est à double sens. Il

---

2. Les Vandales, peuple barbare, s'étaient rendus tristement célèbres, dans les premiers siècles de notre ère, par leurs pillages et leurs exactions, d'où le terme de « vandalisme ».

veut surtout signifier à Figaro qu'il comprend sa mauvaise foi. Du reste, il affirme clairement, dans un aparté, que « c'est un jeu que tout ceci ».

Précisément, la moitié des répliques du Comte sont prononcées « à part ». C'est un procédé dramaturgique qui permet à l'auteur d'insister sur le contraste entre ce que dit le personnage et ce qu'il pense vraiment. Au théâtre, en effet, nous ne pouvons avoir accès aux pensées secrètes d'un personnage que par le truchement du monologue, quand le personnage est seul sur la scène, ou de l'aparté, quand il ne l'est pas. Les apartés, répliques inaudibles pour les autres personnages, dévoilent la lucidité du Comte — « Je suis pris » — et ses intentions cachées, qui constituent un moteur de l'action de la pièce : « Faisons vite chercher Marceline ».

En fait, au cours de cet extrait, nous voyons comment le Comte, d'abord décontenancé, se rétablit et reprend l'avantage : en effet, dans sa dernière réplique « à voix haute », c'est bien lui qui devient le manipulateur. Il obtient ainsi, sous prétexte de donner « plus d'éclat » à la cérémonie du mariage entre Figaro et Suzanne, un délai qui doit lui permettre de faire entrer Marceline en action. En effet, Marceline a les moyens de contraindre Figaro à l'épouser. En favorisant ses projets, le Comte ferait d'une pierre deux coups. D'une part, il se vengerait de la « perfide » Suzanne, en la privant de l'homme qu'elle aime ; d'autre part, il se réserverait un droit sur celle-ci, puisque dès lors elle serait toujours une fille célibataire.

CONCLUSION

Beaumarchais, dans ce passage, fait le procès de la noblesse, à travers la duplicité du Comte : il montre le contraste entre le mythe chevaleresque et la réalité tyrannique. C'est pourquoi il eut tant de mal à faire jouer cette pièce, il suggère que le peuple, aidé par un meneur habile, peut faire céder le pouvoir féodal. On voit enfin, dans cet extrait, une satire de la flatterie courtisane, et une preuve que, selon sa formule célèbre, « sans le droit de blâmer, il n'est pas d'éloge flatteur ».

Texte 2 Acte III, scène 5

LE COMTE. — Qui t'empêcherait de l'emmener à Londres?

FIGARO. — Il faudrait la quitter si souvent que j'aurais bientôt du mariage par-dessus la tête.

LE COMTE. — Avec du caractère et de l'esprit, tu pourrais un jour t'avancer dans les bureaux.

FIGARO. — De l'esprit pour s'avancer? Monseigneur se rit du mien. Médiocre et rampant, et l'on arrive à tout.

LE COMTE. — ...Il ne faudrait qu'étudier un peu sous moi la politique.

FIGARO. — Je la sais.

LE COMTE. — Comme l'anglais, le fond de la langue!

FIGARO. — Oui, s'il y avait ici de quoi se vanter. Mais feindre d'ignorer ce qu'on sait, de savoir tout ce qu'on ignore; d'entendre ce qu'on ne comprend pas, de ne point ouïr ce qu'on entend; surtout de pouvoir au-delà de ses forces; avoir souvent pour grand secret de cacher qu'il n'y en a point; s'enfermer pour tailler des plumes, et paraître profond quand on n'est, comme on dit, que vide et creux; jouer bien ou mal un personnage, répandre des espions et pensionner des traîtres; amollir des cachets, intercepter des lettres, et tâcher d'ennoblir la pauvreté des moyens par l'importance des objets: voilà toute la politique, ou je meure!

LE COMTE. — Et! c'est l'intrigue que tu définis!

FIGARO. — La politique, l'intrigue, volontiers; mais, comme je les crois un peu germaines, en fasse qui voudra! *J'aime mieux ma mie, ô gué!* comme dit la chanson du bon Roi.

LE COMTE, *à part.* — Il veut rester. J'entends... Suzanne m'a trahi.

FIGARO, *à part.* — Je l'enfile et le paye en sa monnaie.

INTRODUCTION

Situer le passage

On assiste, dans toute la scène dont est tiré cet extrait, à une autre passe d'armes verbales entre Figaro et le Comte. Ce dernier est inquiet : il se demande si Suzanne a révélé à Figaro les avances qu'il lui a faites. Venant d'être nommé ambassadeur d'Espagne à Londres, comme on l'a appris au début de la pièce, il évoque devant Figaro la possibilité de l'emmener avec lui, comme porteur de dépêches. Figaro semble d'abord intéressé, et affirme au Comte qu'il n'aurait pas de mal à se tirer d'affaire en Angleterre, bien qu'il ne connaisse qu'un seul mot d'anglais. Mais ce mot, qui est en fait un juron, constitue selon lui « le fond de la langue » britannique. Rassuré, le Comte estime que Figaro n'est au courant de rien : dans le cas contraire, il refuserait une situation qui laisserait Suzanne, pendant ses fréquentes absences, à la merci du Comte. Mais le rusé valet, point dupe, décide de « payer son maître de sa monnaie » autrement dit de le « faire marcher » à son tour. Il affirme ainsi, au début de notre passage, que tout bien considéré il préfère rester au domaine, avec sa future femme. Dès lors, le Comte va croire que Figaro est au courant de ses manigances envers Suzanne.

Dégager des axes de lecture

Pour justifier son refus d'accompagner le Comte à Londres, et sa préférence pour une vie tranquille au château, Figaro se livre à une satire mordante de la politique. Le Comte, toujours dans le but de sonder son valet, tente de faire appel à son ambition. Ce dernier, fort habilement, joue avec les nerfs de son maître, et lui explique que la politique lui répugne. C'est une chose si vaine, et si vile, qu'il n'éprouve pas d'intérêt à s'y mêler.

Un premier axe de lecture analysera le jeu subtil auquel se livrent le maître et le valet, chacun voulant duper l'autre. Les mots ne sont ici qu'une apparence : sous ces répliques se cache en fait une manipulation réciproque, qui constitue le véritable « dialogue » sous-jacent des deux protagonistes.

Dans un second temps, il conviendra de se pencher sur la satire de la politique que Beaumarchais donne à travers les répliques spirituelles de son *alter ego* Figaro. On voit bien, en effet, que par-delà l'effet humoristique, l'auteur du *Mariage de Figaro* dénonce encore l'un de ces abus qui « désolent la société » de son temps.

UN JEU DE MANIPULATION RÉCIPROQUE

Maître et valet révèlent autant de duplicité l'un que l'autre. La seule différence est dans le talent : Figaro est plus rusé, plus subtil que son maître, et parvient à retourner contre le Comte les stratagèmes que celui-ci avait voulu utiliser pour percer son valet à jour.

Les stratagèmes du Comte

Ce séducteur impénitent doit veiller à ne point éveiller les soupçons de Figaro, tout en sondant son esprit par des questions et des suggestions apparemment sans rapport avec Suzanne.

C'est pourtant d'elle dont il est question dans la première réplique. Juste avant le début de cet extrait, Figaro avait émis le souhait de pouvoir profiter pleinement de son futur bonheur conjugal, en demeurant auprès de sa femme en Andalousie. Le Comte lui suggère alors de « l'emmener à Londres », pour ne pas être séparé d'elle (l. 1).

Mais Figaro se tire habilement de ce piège : le bonheur à deux, explique-t-il, exige de la continuité, du temps passé ensemble. L'argument est imparable : on peut se demander si le valet, en rappelant ces évidences, ne glisse pas une remarque sournoise à l'intention de son maître. En insistant sur le prix du bonheur conjugal, et l'intérêt qu'il y a à le préserver, ne reproche-t-il pas au Comte de négliger son épouse ?

Embarrassé, le Comte change abruptement de stratégie, et fait appel à l'ambition de son valet : il ne croit pas, en effet, comme il l'affirme peu avant le début de ce passage, que Figaro ait renoncé « à la fortune ». C'est pourquoi il lui fait miroiter une belle carrière dans la politique diplomatique. Il va même jusqu'à flatter son valet, feignant de lui reconnaître « du caractère et de l'esprit » (l. 5). Là encore, Figaro va éviter de tomber dans le piège.

La ruse de Figaro

Celui-ci avait le choix entre deux stratégies : soit se dévaloriser, en alléguant son incapacité à faire carrière dans le monde de la politique, en raison de sa naïveté, de sa rusticité. Ou bien, il pouvait dévaloriser la politique elle-même, en la jugeant indigne de son « esprit ». Comme on le voit, Figaro opte pour la deuxième démarche. Certes, cela s'explique par le simple fait que Beaumarchais tenait à placer ici une diatribe contre la politique de son temps. Mais cela peut s'expliquer également sur le plan psychologique. Dans ce duel que se livrent maître et valet, il y a tout l'affrontement — annonciateur de la Révolution — entre la noblesse et le peuple. Or Figaro, tout au long de la pièce, se refuse à reconnaître la moindre supériorité innée aux aristocrates. Ceux-ci avaient quasiment le monopole des affaires politiques, même si la monarchie, depuis Louis XIV, avait confié à des bourgeois de très hauts postes ministériels, précisément pour réduire l'influence des grands féodaux. Le Comte se place donc dans une position de supériorité vis-à-vis de Figaro : « il ne faudrait qu'étudier un peu sous moi la politique » (l. 9). Autrement dit, la politique étant le domaine réservé aux nobles, eux seuls sont à même d'« éduquer » les esprits populaires à cet art supérieur. Figaro refuse donc d'entrer dans un nouveau rapport, quittant celui de maître et serviteur pour celui de professeur et d'élève. Il affirme par là une véritable revendication d'égalité.

En définitive, après avoir implacablement rabaissé cet art supérieur de la politique au niveau sordide de l'« intrigue » (l. 25), Figaro réitère sa préférence pour une vie simple, vouée au bonheur conjugal. Il est significatif, du reste, qu'il cite, pour appuyer son propos, une chanson dont le refrain est « *J'aime mieux ma mie, ô gué!* » (l. 27). C'est la chanson que cite Alceste à Oronte, dans *Le Misanthrope* de Molière (I, 2). Or, dans les couplets de cette chanson, le locuteur affirme qu'il « aime mieux sa mie » que toutes les faveurs

« politiques » que pourrait lui octroyer le roi, fût-ce le commandement de la ville de Paris. On voit bien le parallèle avec la situation présente.

Il est amusant de constater, à la fin de l'extrait, que chacun des deux personnages, dans un aparté, croit avoir berné l'autre. En fait, Figaro est resté maître du jeu, montrant d'ailleurs par là qu'il est plus « politique » que son maître et rival.

LA SATIRE DE LA POLITIQUE

Beaumarchais profite de ce dialogue piégé pour égratigner les mœurs politiques de son époque. Dans cet Ancien Régime à son crépuscule, c'est l'intrigue, c'est-à-dire la poursuite, par des moyens sordides, de l'intérêt particulier, qui tient lieu de « politique ». Cette dernière, dans son sens le plus haut, devrait au contraire consister en la poursuite de l'intérêt général. Voyons en quoi consiste, pour l'auteur du *Mariage de Figaro*, cette basse politique contemporaine.

Un monde de tromperie et de mensonge

Figaro est ici le porte-parole des idées de son créateur, qui connaissait bien le monde de la politique, pour avoir joué un rôle — assez louche d'ailleurs — dans les services secrets de Louis XV, puis de Louis XVI.

En premier lieu, la politique est un véritable théâtre, où tout le monde trompe tout le monde, par un jeu de faux-semblants. Beaumarchais reprend ici un thème que développaient déjà les écrivains du XVIIe siècle. La Bruyère, dans ses *Caractères*, et Saint-Simon, dans ses *Mémoires*, avaient abondamment stigmatisé le mensonge et la tromperie dont la vie de cour est tissée. Ce jeu de masques, que ce soit dans les cours ou les ambassades, consiste en une véritable *inversion* de la réalité. Pour souligner cette idée, Beaumarchais, dans cette tirade de Figaro, a recours à une figure de style nommée *réversion*, sur le modèle : « feindre d'ignorer ce qu'on sait, de savoir tout ce qu'on ignore ». Les maîtres-mots de cette tirade, comme on peut le voir, sont les verbes « feindre », « paraître », « jouer », qui appartiennent tous au champ lexical du théâtre. C'est toute une théorie de la psychologie politique que Beaumarchais esquisse dans ces quelques lignes. En effet, il ne se contente pas de dire que la politique relève du paraître, et non de l'être authentique; il suggère pourquoi il en est ainsi: si tout n'est que paraître, c'est parce qu'il n'y a pas d'*être* dans cet univers.

Un univers de vanité et d'incompétence

Comme le suggère indirectement Figaro au début de la tirade, il n'y a pas, lorsque l'on fait partie de la classe politique, « de quoi se vanter ». Contrairement aux préjugés nobiliaires du Comte, la politique n'est pas un art subtil et noble réservé à des esprits supérieurs, c'est une profession où abondent les sots et les incompétents. Des individus « vides et creux » s'y efforcent de paraître « profonds » (l. 19), et font semblant « d'entendre [c'est-à-dire *comprendre*] ce qu'[ils] ne compren[nent] pas » (l. 15). Beaumarchais, toujours avide de bons mots, joue dans cette formule « entendre ce qu'on ne comprend pas... ne point ouïr ce qu'on entend », sur le double sens, du verbe *entendre*[1].

Toute cette tirade est parcourue par une thématique du vide, du non-être: d'où les nombreuses tournures négatives qui l'émaillent. La plus frappante est sans doute: « avoir souvent pour grand secret de cacher qu'il n'y en a point » (l. 17). Dans ce théâtre où le paraître tient lieu de l'être, les masques ne recouvrent plus de visages réels: c'est le vide que l'on trouve quand on les arrache. Cette remarque sur les « faux secrets » est fort profonde, et vient d'un homme d'expérience. Aujourd'hui encore, dans les rouages de l'État, le culte du secret s'explique par le fait qu'il s'agit là d'un instrument essentiel de pouvoir. Des philosophes et des sociologues ont montré, depuis Beaumarchais, à quel point le secret fascine, et comment un individu parvenant à faire croire aux autres qu'il détient des « secrets d'état » obtient respect et considération. Évidemment, s'il révèle à

1. À l'époque, *entendre* peut signifier soit « percevoir » des sons, soit « comprendre ». Ce sens « intellectuel » est resté en français moderne dans des expressions telles que « À bon entendeur, salut! » ou « Je n'entends pas le grec. »

d'autres ses secrets, il perd *ipso facto* l'ascendant qu'il possédait sur eux. Aussi doit-il s'efforcer, coûte que coûte, de garder par devers lui ses secrets ; et le meilleur moyen de ne pas trahir son secret, c'est de n'en avoir point.

Un monde de trahison et d'immoralité

Dernier axe de cette critique au vitriol des mœurs politiques : il n'entre aucune moralité dans la conduite des affaires de l'État. Les objectifs politiques sont par eux-mêmes complètement amoraux : seul compte le pouvoir. Et dans cette optique, la fin justifie les moyens : c'est *grosso modo* une paraphrase de cette formule célèbre que l'on trouve dans l'expression utilisée par Figaro : « tâcher d'ennoblir la pauvreté[2] des moyens par l'importance des objets » (l. 22). Or les « moyens » mis en œuvre par les politiques sont hors de toute légalité : « répandre des espions et pensionner des traîtres ; amollir des cachets [c'est-à-dire ouvrir, en faisant fondre les cachets de cire, des lettres qui ne vous sont pas destinées] » (l. 26). C'est le monde de l'espionnage, que Beaumarchais lui-même a pu voir de près dans sa tortueuse carrière.

Cette conception de la politique, « cousine germaine » de l'intrigue (l. 26) s'inspire en fait de la pensée d'un philosophe italien de la Renaissance, Machiavel, auteur du *Prince*. Dans ce traité, la politique est présentée comme dissociée de la morale, et le prince a le droit d'utiliser tous les moyens pour préserver son pouvoir. C'est ce qu'on appelle le *machiavélisme*, du nom même de cet auteur.

CONCLUSION

Beaumarchais, dans ce passage, parvient à satisfaire aux deux exigences de la grande comédie : distraire et instruire. Sous le couvert d'un bel affrontement verbal entre deux rivaux amoureux, il parvient à faire passer un message sérieux, que n'ont certainement pas apprécié certains de ses contemporains, qui ont pu s'y reconnaître.

2. Au sens, dans ce contexte, de médiocrité ou caractère sordide.

Texte 3 | Acte III, scène 15

L'HUISSIER, *glapissant.* — Silence !

BARTHOLO, *lit.* — « *Je soussigné reconnais avoir reçu de Damoiselle, etc. Marceline de Verte-Allure, dans le château d'Aguas-Frescas, la somme de deux mille piastres fortes cordonnées ; laquelle somme je lui rendrai à sa réquisition, dans ce château ; et je l'épouserai, par forme de reconnaissance, etc.* Signé *Figaro,* tout court. » Mes conclusions sont au payement du billet et à l'exécution de la promesse, avec dépens. (*Il plaide.*) Messieurs... jamais cause plus intéressante ne fut soumise au jugement de la cour ! et, depuis Alexandre le Grand, qui promit mariage à la belle Thalestris...

LE COMTE, *interrompant.* — Avant d'aller plus loin, avocat, convient-on de la validité du titre ?

BRID'OISON, *à Figaro.* — Qu'oppo... qu'oppo-osez-vous à cette lecture ?

FIGARO. — Qu'il y a, Messieurs, malice, erreur ou distraction dans la manière dont on a lu la pièce, car il n'est pas dit dans l'écrit : *laquelle somme je lui rendrai, ET je l'épouserai,* mais *laquelle somme je lui rendrai, OU je l'épouserai* ; ce qui est bien différent.

LE COMTE. — Y a-t-il ET dans l'acte, ou bien OU ?

BARTHOLO. — Il y a ET.

FIGARO. — Il y a OU.

BRID'OISON. — Dou-ouble-Main, lisez vous-même.

DOUBLE-MAIN, *prenant le papier.* — Et c'est le plus sûr ; car souvent les parties déguisent en lisant. (*Il lit.*) E, e, e, *Damoiselle* e, e, e, de *Verte-Allure*, e, e, e, Ha ! *laquelle somme je lui rendrai à sa réquisition, dans ce château...* ET... OU... ET... OU... Le mot est si mal écrit... il y a un pâté.

BRID'OISON. — Un pâ-âté ? je sais ce que c'est.

BARTHOLO, *plaidant.* — Je soutiens, moi, que c'est la conjonction copulative ET qui lie les membres corrélatifs de la phrase; je payerai la demoiselle, ET je l'épouserai.

FIGARO, *plaidant.* — Je soutiens, moi, que c'est la conjonction alternative OU, qui sépare lesdits membres; je payerai la donzelle, OU, je l'épouserai. À pédant, pédant et demi. Qu'il s'avise de parler latin, j'y suis grec; je l'extermine.

INTRODUCTION

Situer le passage

Nous voici dans la scène centrale de la pièce: il s'agit du procès, ou plutôt de la parodie de procès, qui doit départager Figaro et Marceline. Cette dernière ne sait pas encore qu'elle est la mère de Figaro; elle ne l'apprendra qu'à la fin de cet acte. Marceline a des vues sur lui, malgré leur différence d'âge, et elle a naguère obtenu du valet, en échange d'un prêt financier, une promesse de mariage. Figaro, qui s'apprête à épouser Suzanne, ne veut évidemment pas en entendre parler.

Mais l'imprudent a signé un document: aussi Marceline lui intente-t-elle un procès pour l'obliger à tenir sa promesse. En fait, l'objet du litige est complexe. Marceline, assistée de Bartholo, qui s'est fait son avocat, prétend que Figaro s'est engagé par écrit à l'épouser et à lui rembourser son prêt. Figaro, lui, affirme qu'il a promis de faire l'un ou l'autre, mais pas les deux: c'est ce point précis qui est débattu dans notre extrait. Il s'agit d'un procès truqué: Beaumarchais, qui avait lui-même eu de cuisants déboires judiciaires, se livre ici à une satire féroce de la justice de son temps (voir p. 32). Les magistrats sont incompétents, à la limite de la débilité, et les personnages-clés sont partiaux: Bartholo ne défend Marceline que parce qu'il déteste Figaro; quant au Comte, juge suprême, il a tout intérêt à contraindre Figaro d'épouser Marceline, puisqu'ainsi ce grand seigneur abusif pourrait disposer de Suzanne selon ses désirs.

Dégager des axes de lecture

Il est clair que toute cette scène du procès vise à offrir une satire de la justice. Beaumarchais a voulu stigmatiser, comme il le dit dans ses *Caractères et habillements de la pièce*, « une foule d'abus qui désolent la société ». Il s'en prend à l'un des dysfonctionnements majeurs de la société d'Ancien Régime. Un premier axe de lecture consistera donc à dégager les principaux mécanismes de cette satire.

Mais quel que soit l'objectif sérieux qui sous-tende la composition de cette scène, comme de toute la pièce, il ne faut pas oublier que « Beaumarchais l'insolent » est avant tout un auteur de comédie, qui adore amuser son public. Il utilise pour ce faire tous les registres du comique, du plus populaire au plus raffiné. Un second axe de lecture s'articulera donc logiquement autour des procédés comiques de notre extrait.

LA SATIRE DE LA JUSTICE

Cette scène 15 de l'acte III présente une véritable satire de la justice, au moyen d'un exercice de « théâtre dans le théâtre ». Tous les acteurs de cette farce juridique jouent un rôle : leur langage et leur comportement sont artificiels. En fait, ils se divisent en deux catégories : les incompétents et les hypocrites.

Les incompétents

Les incompétents sont surtout les professionnels de l'institution judiciaire, surtout le juge Brid'oison et l'huissier. Ce dernier, personnage-outil anonyme, se borne, tout au long de la scène, à réclamer le silence mais il n'y parvient qu'une seule fois, au début de cet extrait. Il est vrai que Bartholo s'apprête à lire le document-clé qui constitue l'objet même du litige : la promesse écrite de Figaro à Marceline.

Les deux autres magistrats, eux, ne sont pas des personnages anonymes : ils sont désignés à la fois par leur fonction et par leur nom. Ces deux noms propres, par leurs suggestions, servent du reste le propos satirique de l'auteur. Le nom complet du juge, Dom Gusman Brid'oison, contient deux allusions : la première partie de ce nom fait écho à celui du juge Goëzman, qui avait condamné Beaumarchais dans l'affaire de la succession de Paris-Duverney. Beaumarchais règle donc ses comptes avec ce magistrat. Pour appuyer le trait il l'affuble d'une seconde partie, Brid'oison, qui rappelle le fameux juge Bridoye du *Tiers Livre* de Rabelais, caricature s'il en fut du magistrat incompétent. On peut ajouter que la partie « oison » de ce nom porte elle-même des connotations de bêtise. On disait couramment, à l'époque, « bête comme une oie ». La première intervention de Brid'Oison, dans l'extrait, montre son incompétence : il ne fait que répéter, en changeant les termes, la question — en soi légitime — que pose le Comte, sur la validité du document.

Quant au greffier Double-Main, c'est lui qui a la tâche délicate de lire précisément le texte de la promesse. Le litige porte sur le mot de liaison dans la phrase, qui peut être un *et* ou bien un *ou*. Double-Main affirme qu'il y a « un pâté » c'est-à-dire une tache d'encre, qui rend ce mot illisible. Il est fort possible que ce soit le rusé Figaro qui ait volontairement rendu le mot illisible lors de la rédaction pour pouvoir se tirer d'affaire au cas où Marceline le sommerait de tenir ses engagements. En fait, Double-Main appartient moins à la catégorie des incompétents qu'à celle des hypocrites.

Les hypocrites

En effet, le nom même de Double-Main, en référence à sa fonction de greffier, évoque la malhonnêteté de celui qui a deux « mains », c'est-à-dire deux écritures. On imagine bien un greffier crapuleux, qui rédige de faux documents, ou bien plusieurs versions d'un même texte, l'un écrit de la main « droite » — la version officielle — l'autre de la main « gauche » — la version officieuse — qui peut contredire la précédente. En tout état de cause, les suggestions équivoques de son nom contredisent l'honnêteté dont il se targue lorsqu'il dit, avant de lire le document : « Et c'est le plus sûr ; car souvent les parties déguisent en lisant… » (l. 25). Il n'inspire guère plus de confiance que les « parties », c'est-à-dire les plaignants qui défendent chacun leur intérêt.

Le juge Brid'oison révèle un côté malhonnête, lorsqu'il dit : « Un pâ-âté ? je sais ce que c'est » (l. 31). *A priori*, il sous-entend qu'il soupçonne Figaro ou Bartholo d'avoir délibérément maculé le mot-clé de la promesse : Brid'oison se pose en juge expérimenté, qui a l'habitude de ce genre de falsification. Mais s'il a une telle connaissance de ces procédés frauduleux, c'est qu'il en est lui-même coutumier. Au XVIIIe siècle, il était monnaie courante que les juges reçoivent des « épices », c'est-à-dire des pots-de-vin, pour déterminer l'issue d'un procès, au besoin en « arrangeant » les documents.

Bartholo, bien que médecin de son état, s'improvise avocat de Marceline pour assouvir sa soif de vengeance contre Figaro[1]. Son hypocrisie est donc flagrante : il prétend se faire le défenseur chevaleresque d'une pauvre femme qui n'a pas assez d'instruction pour se défendre seule devant la cour. En réalité, il méprise Marceline, qu'il a toujours fort mal traitée, et l'utilise comme un simple instrument de sa vengeance. Son hypocrisie s'aggrave de ridicule lorsqu'il plaide, avec une étonnante grandiloquence[2], rapprochant le cas présent d'un litige fameux de l'Antiquité, impliquant Alexandre le Grand lui-même. Du reste, le Comte, sans doute agacé par cette emphase, lui coupe sèchement la parole.

C'est le Comte qui détient le record de l'hypocrisie. Il joue au juge impartial et équitable, alors qu'il est déterminé, comme Bartholo mais pour des raisons différentes, à obtenir la condamnation de Figaro. Toutefois, aussi rusé soit-il, il trahit une certaine perplexité à la fin de l'extrait, quand il se demande tout haut « comment trancher pareille question ». Il a affaire, avec Figaro, à forte partie. Comme dit celui-ci : « à pédant, pédant et demi ».

---

1. Dans la pièce précédente, *Le Barbier de Séville*, c'est Figaro qui avait contrecarré les projets de mariage de Bartholo avec Rosine, devenue dans notre pièce la Comtesse Almaviva.

2. Caractère d'un discours pompeux, exagérément solennel.

LES PROCÉDÉS COMIQUES

Beaumarchais avait commencé sa carrière théâtrale par des divertissements de foire, héritiers de la *farce* médiévale. Il était donc exercé au comique le plus populaire. Mais en tant que *bel esprit,* il excelle surtout dans les bons mots, le comique raffiné et intellectuel, qui permet de faire passer un message sérieux.

Le comique de caractère

Au niveau le plus populaire du comique de caractère se trouve la caricature, qui donne aux personnages un aspect mécanique et ridicule, voire grotesque. Ici, Beaumarchais se moque des gens de justice à peu de frais, en présentant un huissier qui « glapit » comme un chien, et un juge bègue. Il est clair que ce handicap est particulièrement malencontreux pour quelqu'un dont la fonction — en principe solennelle et prestigieuse — est de parler en public pour prononcer ses arrêts.

Les sous-entendus grivois

Les sous-entendus à connotation sexuelle ne sont pas rares dans la pièce. Dans cet extrait, où il est question d'une promesse de mariage, comment ne pas voir un « clin d'œil » dans la réplique suivante de Bartholo : « Je soutiens, moi, que c'est la conjonction copulative ET qui lie les membres corrélatifs de la phrase ». Trois des mots-clés de cette réplique, outre leur sens grammatical, possèdent un sens directement ou indirectement sexuel : *conjonction* est de la même famille que *conjugal*, *copulative* évoque bien sûr la *copulation*, l'acte sexuel.

Le comique de langage

L'éternelle jeunesse du *Mariage de Figaro* tient, entre autres, à la remarquable vivacité des répliques, qui participent de sa gaîté générale. Il s'agit là d'un comique de langage, qui se fonde en partie sur la symétrie du dialogue, où les phrases fusent, se font écho, se contredisent. Qu'en en juge par les répliques parallèles des deux adversaires lignes 33 à 38.

Toute l'efficacité de cet échange tient au fait que Figaro fait quasiment écho à son adversaire, et modifie seulement les termes-clés. Au passage, il égratigne aussi Marceline, qui, de « demoiselle », devient une « donzelle ».

CONCLUSION

Beaumarchais met en valeur toutes les facettes de son talent satirique et comique. Ces deux mots ne sont pas exactement synonymes. Une satire est comique, le plus souvent, mais pas forcément. La satire, au sens rigoureux du terme, est une œuvre qui blâme et qui accuse, que ce soit des mœurs, des institutions, des systèmes idéologiques. Si la satire utilise souvent le comique pour mieux « épingler » le ridicule ou l'incohérence de sa cible, il importe néanmoins de distinguer les deux. Beaumarchais est un satiriste volontiers comique, comme l'était son contemporain Voltaire.

Texte 4 | Acte V, scène 3

FIGARO. — Ô femme! femme! femme! créature faible et décevante!... nul animal créé ne peut manquer à son instinct; le tien est-il donc de tromper?... Après m'avoir obstinément refusé quand je l'en pressais devant sa maîtresse; à l'instant qu'elle me donne sa parole, au milieu même de la cérémonie... Il riait en lisant, le perfide! et moi comme un benêt... Non, monsieur le Comte, vous ne l'aurez pas... vous ne l'aurez pas. Parce que vous êtes un grand seigneur, vous vous croyez un grand génie!.... Noblesse, fortune, un rang, des places, tout cela rend si fier! Qu'avez-vous fait pour tant de biens? Vous vous êtes donné la peine de naître, et rien de plus. Du reste, homme assez ordinaire! tandis que moi, morbleu! perdu dans la foule obscure, il m'a fallu déployer plus de science et de calculs, pour subsister seulement, qu'on n'en a mis depuis cent ans à gouverner toutes les Espagnes: et vous voulez jouter... On vient... c'est elle... ce n'est personne. — La nuit est noire en diable, et me voilà faisant le sot métier de mari, quoique je ne le sois qu'à moitié! (*Il s'assied sur un banc.*) Est-il rien de plus bizarre que ma destinée? Fils de je ne sais pas qui, volé par des bandits, élevé dans leurs mœurs, je m'en dégoûte et veux courir une carrière honnête; et partout je suis repoussé! J'apprends la chimie, la pharmacie, la chirurgie, et tout le crédit d'un grand seigneur peut à peine me mettre à la main une lancette vétérinaire! — Las d'attrister des bêtes malades, et pour faire un métier contraire, je me jette à corps perdu dans le théâtre: me fussé-je mis une pierre au cou!

INTRODUCTION

Situer le passage

Ce texte est le début d'un monologue fameux de Figaro, l'un des plus longs du théâtre français. Dans l'acte précédent, la Comtesse, voulant éprouver les sentiments de son mari à son égard, a ordonné à Suzanne d'accepter le rendez-vous que le Comte lui avait fixé. Elles échangeront leurs vêtements, et c'est la Comtesse qui, sous le déguisement de sa servante, ira à ce rendez-vous. Mais Figaro n'est pas mis dans la confidence, et le malheureux croit que Suzanne est décidée à le tromper avec le Comte.

C'est ce qui explique les sentiments divers qui animent ce monologue: en premier lieu la colère - injustifiée — contre sa future femme, qu'il croit déjà infidèle, colère qui l'amène à généraliser et à englober toutes les femmes dans une même condamnation sans appel. Cette colère se dirige ensuite, de manière nettement plus justifiée, contre son maître le Comte, dont il constate une fois de plus la perfidie. Enfin, Figaro cède à un véritable apitoiement sur lui-même et son triste sort.

Dégager des axes de lecture

L'extrait se divise clairement en deux mouvements. Le premier consiste en une série d'imprécations lancées par Figaro contre Suzanne et le Comte: Figaro se remémore les événements de l'acte précédent qui l'ont conduit à se croire trahi. Puis, généralisant son infortune personnelle, il se lance dans une invective contre le mensonge et l'injustice de la société. Un premier axe de lecture va donc consister à montrer comment Figaro, blessé, exprime sa douleur et sa colère.

Ensuite, cet amoureux qui se croit trahi par sa fiancée et par son maître, avec qui il fut autrefois ami[1], se lamente sur sa destinée.

C'est l'occasion d'un retour sur l'histoire de sa vie, suite de mésaventures et d'échecs, dus surtout à l'injustice d'une société où tout

1. À l'époque du *Barbier de Séville* (voir p. 8).

se fonde sur les privilèges de la naissance. Un deuxième axe de lecture mettra en lumière la mélancolie qui inspire ce récit autobiographique, dont le rythme, pourtant, traduit le tempérament ardent, aventureux, de ce personnage.

LA COLÈRE D'UN HOMME TRAHI

Figaro s'estime, à juste titre, trahi par le Comte et est trompé par les apparences en ce qui concerne Suzanne. Beaumarchais s'amuse donc ici aux dépens de Figaro, qui dans les actes précédents affirmait que la jalousie est un sentiment stupide. Dans les premières lignes de cet extrait, la jalousie l'amène lui aussi à se montrer « stupide » en condamnant Suzanne et, avec elle, la nature féminine en général.

Figaro : le délire de la jalousie

D'emblée, Figaro généralise : si Suzanne l'a trompé, c'est parce que *LA* femme est irrésistiblement portée à la perfidie et au mensonge. Le monologue commence sur un ton presque tragique : la figure de l'apostrophe (« Ô femme ! ») appartient plutôt au style noble de la tragédie, ou des grands discours moraux et philosophiques, tels ceux de Jean-Jacques Rousseau. La triple répétition du mot « femme » (l. 1) renforce cet effet oratoire de pathétique. On peut être frappé par la misogynie qui inspire ces phrases : d'une part, l'individualité de chaque femme se noie dans une commune « nature féminine » jugée négativement. D'autre part, cette nature est définie à l'aide des mots « créature » et « animal » (l. 1, 2). L'expression « créature faible et décevante » évoque le style des traités religieux, qui voient dans les filles d'Ève des créatures portées au péché. Elles sont trop « faibles pour résister aux tentations, et elles s'avèrent « décevantes » : cet adjectif doit peut-être se comprendre ici dans le sens ancien de décevoir, c'est-à-dire « tromper », qu'a conservé l'anglais *to deceive*. De même, le mot « animal » n'a peut-être que le sens ancien d'« être vivant » ; mais il faut tout de même noter que Figaro parle de son « instinct », ce qui donne inévitablement au terme d'« animal » la valeur péjorative que nous lui prêterions aujourd'hui. La femme est donc, selon Figaro, quelque peu inférieure à l'homme, qui, lui, est selon la formule d'Aristote un « animal doué de raison ». La femme n'aurait, elle, ni la raison ni le libre-arbitre qui en découle : elle ne peut, comme les animaux, que suivre son instinct, qui est en l'occurrence de « tromper ».

Figaro, après avoir brossé ce portrait peu flatteur de la femme en général, revient au cas particulier de Suzanne, et se remémore le moment précis (correspondant à l'acte IV, scène 9) où Suzanne l'a « trompé », en remettant au Comte un billet de rendez-vous. Le désarroi de Figaro se manifeste par la construction grammaticale fautive de cette phrase commençant par « Après m'avoir obstinément refusé » (l. 3) et se terminant par « au milieu même de la cérémonie[2] ». C'est une phrase incomplète, sans proposition principale. Figaro parle par à-coups : dominé par l'émotion, il ne peut guère « organiser » son discours.

La révolte contre le Comte

Une fois encore, Figaro se sent dupé par son maître, ce qui augmente bien sûr son ressentiment. Bien mieux, Figaro est aussi en colère contre lui-même : s'il peste contre « le perfide », il se reproche d'avoir été un « benêt » (l. 7). En fait, il se sent impuissant devant le Comte ; lorsqu'il répète « vous ne l'aurez pas... vous ne l'aurez pas » (l. 7, 8), en parlant de Suzanne, cette répétition trahit un aveu de faiblesse. Il ne peut rien contre la volonté souveraine du maître, et n'a que la parole pour se donner l'illusion du pouvoir.

La diatribe qui suit reprend le thème fondamental de la pièce, qui est de nature pré-révolutionnaire. Figaro s'en prend en bloc aux privilèges de la naissance. Il oppose le statut social du Comte au « génie » individuel qu'il estime posséder, lui, un homme du peuple, qui n'a que son seul mérite pour obtenir ce qu'il veut dans la vie. Le contraste est exagéré, et involontairement comique. Figaro, emporté par l'indignation, s'attribue des mérites presque surhumains : « plus

2. La cérémonie au cours de laquelle le Comte lui remet la « toque virginale » (voir p. 11).

de science et de calcul [...] qu'on n'en a mis depuis cent ans à gouverner toutes les Espagnes» (l. 15-16). Il n'est pas anodin que le valet utilise ici une comparaison politique. On mesure, en lisant ces lignes, tout le pouvoir contestataire de la pièce: sous l'Ancien Régime, on attribuait à la caste nobiliaire une disposition innée, un «génie» au sens propre, pour le gouvernement des peuples. Figaro, lui, se fait ici le porte-parole du «Tiers État», qui revendique la compétence réservée aux nobles qui se sont seulement donné «la peine de naître». Il y a même, en dernier lieu, l'amorce d'un défi: «et vous voulez jouter» (l. 16). Certes, tout ceci reste au niveau des paroles, et non des actes: le Comte n'est même pas là pour l'entendre. Mais le valet met le maître au défi de «jouter», c'est-à-dire de se mesurer, avec lui.

UN HOMME EN DÉTRESSE

Figaro conserve son éloquence et sa verve, mais on sent qu'il est vraiment abattu. Nous ne sommes pas dans la comédie classique, d'où le pathos est en principe exclus. Ici, même si nous savons que Figaro se trompe et que tout se terminera «par des chansons», nous sommes touchés par sa détresse.

Le désarroi de Figaro

Le trouble profond de Figaro se lit à plusieurs indices. D'une part, le moment de la scène n'est pas indifférent: il s'agit de la nuit, qui, symboliquement, connote le désarroi et la tristesse. Les indications scéniques précisent d'ailleurs cette intention symbolique: «FIGARO, *seul, se promenant dans l'obscurité, dit du ton le plus sombre...*». Vers le dernier tiers du passage, le personnage constate lui-même: «La nuit est noire en diable» (l. 17). La solitude, l'obscurité, le mal: toutes les connotations négatives sont présentes.

D'autre part, la ponctuation même de ce monologue révèle l'intensité des sentiments et la confusion de l'esprit. Les nombreux points d'exclamation expriment cette intensité, et les fréquents points de suspension traduisent cette confusion. En effet, les points de suspension indiquent une pensée qui ne progresse pas en ligne continue, de façon logique: ce sont des idées qui se bousculent pêle-mêle, on saute d'une idée à une autre. L'acteur qui joue cette scène doit également introduire des moments de silence aux endroits indiqués par ces points de suspension; ces silences révèlent un personnage en proie à une grande agitation intérieure.

Enfin, cet amoureux blessé sursaute au moindre bruit, et croit entendre venir celle qu'il aime: «On vient... c'est elle... ce n'est personne». Figaro est trompé par l'obscurité extérieure, mais aussi par celle qui règne dans son cœur.

Un retour sur une vie ratée

Dès qu'il se calme un peu, après s'être assis «sur un banc», Figaro se penche mélancoliquement sur son passé. On peut suivre son cheminement psychologique: le présent, sombre et sans espoir, s'explique à la lumière — si l'on peut dire — d'un passé marqué lui aussi par l'infortune et l'injustice du sort. Là encore, pendant un bref instant, comme au début du monologue, c'est le ton de la tragédie qui perce sous la vivacité du discours: «Est-il rien de plus bizarre que ma destinée?». Encore une fois, ce genre de phrase est à comprendre au second degré, puisque nous anticipons une fin heureuse — chose impossible dans la vraie tragédie — mais il faut noter que la notion de «destinée» appartient à l'univers tragique. Comme Figaro dans cette scène, les personnages de la tragédie ont le sentiment qu'une force supérieure et implacable — la Destinée des anciens Grecs — s'acharne sur eux. Du reste, à la fin du passage, Figaro estime qu'il aurait mieux fait de se mettre «une pierre au cou», c'est-à-dire de se suicider, par désespoir, en se noyant. Plus loin dans la même tirade, il reviendra sur cette tentation du suicide: «Pour le coup je quittai le monde, et vingt brasses d'eau m'en allaient séparer...», lit-on dans la suite de cet extrait.

Tragicomédie et picaresque

Toutefois, la fin de ce passage s'éloigne du ton tragique, pour nous transporter vers la tragicomédie et le picaresque. Ces deux notions font écho à l'atmosphère des romans et du théâtre espagnols de l'époque, ce qui est en accord avec la pièce elle-même, dont l'action se situe en Espagne. Le « picaro » espagnol, héros des récits dits « picaresques », est un marginal, dont la vie itinérante et chaotique est faite d'aventures un peu louches. C'est exactement le cas de Figaro. Sa naissance est plus qu'obscure, elle est énigmatique : « fils de je ne sais pas qui » (l. 20). En fait, c'est inexact : il a appris au troisième acte qu'il était le fils abandonné de Marceline et de Bartolo : voilà qui trahit peut-être encore la confusion dans laquelle son esprit est plongé. Mais l'important, ici, est qu'il se voit voué par son destin à la marginalité : malgré ses dons intellectuels et son talent littéraire, ni les « carrières honnêtes » — de médecin, par exemple — ni le succès mondain — du théâtre — ne lui sont accessibles. Toujours pénalisé par ses origines douteuses, il ne peut qu'« attrister des bêtes malades » (l. 24, 25), c'est-à-dire exercer les fonctions de vétérinaire : cette profession, à l'époque, n'avait aucun prestige social. Mais il peut non plus « faire un métier contraire », c'est-à-dire réjouir des gens en bonne santé, car il se heurte à la censure dès sa première pièce de théâtre. Beaumarchais, ici, nous fait un clin d'œil : ses propres déboires ont servi de modèle à ceux de Figaro.

CONCLUSION

Le Mariage de Figaro n'est certes pas une tragédie. Elle demeure une pièce gaie, enjouée, célébrant le bonheur de vivre. Toutefois elle véhicule une dimension sérieuse : derrière la truculence des paroles et des situations, Beaumarchais se livre à une véritable critique sociale, et montre, notamment dans cette scène, l'effet dévastateur que peut produire l'abus d'autorité. Figaro voyant le Comte lui voler celle qu'il aime, c'est l'homme sans défense exploité par les puissants, désemparé devant l'adversité, qui cesse, le temps d'un cri du cœur, de faire sourire pour apitoyer.

Bibliographie

BIOGRAPHIE DE BEAUMARCHAIS

- POMEAU René, *Beaumarchais,* « Connaissances des Lettres », Hatier, 1967. Une introduction soignée et claire.
- GRENDEL Frédéric, *Beaumarchais ou la calomnie,* Flammarion, 1973. Une bonne biographie. La vie mouvementée du père de Figaro.

OUVRAGES GÉNÉRAUX

- LARTHOMAS Pierre, *Le Langage dramatique,* Armand Colin, 1972. Tout sur les procédés du langage au théâtre. Un classique.
- SCHÉRER Jacques, *La Dramaturgie de Beaumarchais,* Nizet, réédité en 1980. Par un spécialiste des techniques dramaturgiques, une excellente analyse.

SUR « LE MARIAGE DE FIGARO »

- SCHÉRER Jacques, édition du *Mariage de Figaro*, SEDES, 1966. Une excellente édition critique, avec une analyse soignée de la pièce.
- CONESA Gilles, *La Trilogie de Beaumarchais. Écriture et dramaturgie,* PUF, 1985. Pour une vision d'ensemble du triptyque, dont *Le Mariage de Figaro* est le deuxième volet.
- LEMONNIER-DELPY Marie-Françoise, *Nouvelle Étude thématique sur* Le Mariage de Figaro *de Beaumarchais*, SEDES, 1987. Une excellente monographie sur la pièce, à la fois très fouillée et facile à lire.
- Signalons enfin le numéro spécial, consacré à cette pièce, de la *Revue d'histoire littéraire de la France,* n° 5, Septembre-Octobre 1984.

Index

Guide pour la recherche des idées

AMOUR

COMIQUE

FEMME

JALOUSIE

JUSTICE

LANGAGE DRAMATIQUE

NATURE

PEUPLE

POUVOIR

RÉVOLTE

RUSE

SPECTACLE

THÉÂTRE

VENGEANCE

Les références renvoient aux pages du Profil.

Bussière Camedan Imprimeries
à Saint-Amand (Cher), France.
Dépôt légal : N° 22149 – Avril 2002. N° d'imp. : 021824/1.